张刚，生于海南文昌，重庆秀山人。

散文集《若有所思话德国》、诗集《黄葛树下》先后被芝加哥大学远东图书馆、芝加哥艺术学院和重庆市档案馆收藏。《当代秘书要义》曾有院校选作教学参考书。

系中华人民共和国成立70周年天安门广场游行重庆彩车创意文字设计作者之一。散文《秀山西街》，获中华人民共和国成立65周年"中华情"全国诗歌散文征文赛金奖。诗歌《珠穆朗玛峰》（外二首）获2020年"第七届中外诗歌散文邀请赛"一等奖。

张刚 / 著

灵魂之旅

心灵与
大千世界的
对话

重庆出版集团 重庆出版社

图书在版编目（CIP）数据

灵魂之趣：心灵与大千世界的对话 / 张刚著. —重庆：重庆出版社，2021.2
ISBN 978-7-229-15733-3

Ⅰ.①灵… Ⅱ.①张… Ⅲ.①诗集－中国－当代 Ⅳ.①I227

中国版本图书馆CIP数据核字(2021)第011964号

灵魂之趣：心灵与大千世界的对话
LINGHUN ZHI QU: XINLING YU DAQIANSHIJIE DE DUIHUA

张　刚　著

责任编辑	周英斌　王　娟
责任校对	刘小燕
装帧设计	夏　添　刘　洋
封面题字	毛　峰

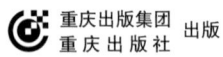

重庆出版集团　出版
重庆出版社

重庆市南岸区南滨路 162 号 1 幢　邮政编码：400061　http://www.cqph.com
重庆新金雅迪艺术印刷有限公司印制
重庆出版集团图书发行有限公司发行
E-MAIL: fxchu@cqph.com　邮购电话：023-61520646
全国新华书店经销

开本：889mm×1194mm　1/32　印张：12.5　插页：1　字数：260千
2021年2月第1版　2021年2月第1次印刷
ISBN 978-7-229-15733-3
定价：49.00元

如有印装质量问题，请向本集团图书发行有限公司调换：023-61520678

版权所有　侵权必究

诗者，寺之言
——序张刚诗集《灵魂之趣》

吕进

诗集《灵魂之趣：心灵与大千世界的对话》的书稿首先引起我的兴趣的是诗人张刚的书斋："示弱斋"，张刚的网名则是"示弱斋主"。示弱，就是守柔。老子说："守柔曰强"（《老子》第52章）。"守柔"，小而言之，是个人的生存术；大而言之，是一个民族发展壮大的智慧。守柔是真正的强，而示强者蠢。老子说："兵强则灭，木强则斩"，此是至理名言。

日本多数学者认为，老子是东方文化的代表。其实岂止东方，西方的大人物爱因斯坦、黑格尔、海德格尔、尼采对他都推崇备至。联合国教科文组织调查，现今发行量最大的世界文化名著，除《圣经》外，就是《老子》了。张刚到过德国，在那里，《老子》德文译本就多达82种，研究老子的著作达700余种。

老子的"守柔"学说是有师承的。传说他的老师常枞在弥留之际，张开自己的嘴，问老子："这里面还有牙齿吗？"老子说，没有。又问："这里面还有舌头吗？"老子说，有啊。常枞说："天下事理都在这里了。"常枞说的"天下事理"就是"守柔"。人的最"刚"的器官莫过于牙齿，最"柔"的莫过于舌头，牙齿易损，舌头长久。其实，人体和外界接触的器官许多都是圆的：头，膝盖，手指头，脚指头，这里面都蕴藏着"守柔"的道理。

"示弱"不仅是虚怀若谷的胸怀，更是一种智慧。做事要靠智商，做人就得靠情商。以智商做事，以情商做人。只有智商，只能谈技术，谈经营，只懂"硬件"，不知"软件"，不了解自己，也不了解他人，这样的人生是枯涩干瘪的。只知道自己工作的实用意义，不知道自己工作的价值意义，工作带来的愉快也就有限了。目下普遍出现的"有文凭，没文化""有生存，没生活"的现象就是情商缺席的表现。

情商的核心是人文情怀。智商了解"是什么"，情商追问"应当是什么"。情商表现为对人生终极价值的关怀，对生命意义的探寻和追问；情商带给人以大视野、历史感。这样，就能更好地管理情绪，调整自己，与人友善，看得到，想得开，提得起，放得下，拥有"高端大气上档次"的人生风度。

读《灵魂之趣：心灵与大千世界的对话》就可以体验到

诗人的情商：生活丰满，富有情趣，登山则情满于山，观江则意溢于江，他的"每周一歌"成为朋友们的期待。诗人用人性的胸襟打量树木花草，用人情的眼光温暖亲人、友人和昔日同窗，用赤子的情怀拥抱故乡秀山川河盖，于是，一首首诗作就在示弱斋问世了。

甲骨文里是没有"诗"字的，上古人类用"寺"代替"诗"。"诗"字拆开来，就是"寺之言"。"古木无人径，深山何处钟"（王维）、"万籁此都寂，但余钟磬音"（唐人常建）的"寺"是与世俗的物质世界分隔开的清净世界。踏入"寺"就踏进了精神的世界。诗正是这样的艺术。人生的升华，精神的寻求，信仰的力量，就是诗的源泉。2019年底，中国作家协会在北京召开了为期几天的全国诗歌座谈会，我有一篇发言《诗必须确立文体规范》，《文艺报》会后刊登了发言全文。我说："常态的'个人'绝对写不出诗。只要真正进入写诗状态，那么，在写诗的那个时刻，常人一定就转变、提升成了一个诗人——他洗掉了自己作为常人的俗气与牵挂，从非个人化路径升华到诗的世界。" 张刚的《写诗》中说"当忙碌中就要忘记自己／冥冥中／我便会与你相遇"，"忘记自己"就是真正懂得诗之三昧的状态。诗人从人间来，进入写诗状态后，又和现实人间保持审美距离，"看山不是山，看水不是水；看山还是山，看水还是水"，这就是诗美的奥秘。

清新，干净，富有理趣，是这本诗集的三个吸睛之处。

记得我曾多次在重庆市委党校讲过，公务员千万要写好"上，止，正"这三个字。"上"，就是向上的朝气。"止"，就是敬畏自然规律和社会规范，止其所当止。孔子说得很精彩："政者，正也。"《灵魂之趣：心灵与大千世界的对话》是洒满阳光的诗集，带给读者的是明亮的眼睛，鼓励读者进入最好的生命状态。你看，诗人早上邂逅邻里戴口罩的幼儿时的歌唱——

  但愿
  脱尽俗气
  纯净明亮天真
  恰似那幼儿的眼神

  这是写于抗疫期间的诗啊。使人想起唐人王昌龄的《芙蓉楼送辛渐》的那联诗句："洛阳亲友如相问，一片冰心在玉壶。"
  干净，是上品诗篇的必备特征。德国学者黑格尔在他的《美学》第三卷里讲：诗要"清洗"。这是名言。诗人既要洗心，又要洗诗。"寺之言"是干净之言。张刚的诗，没有闲字，篇幅简短，明快玲珑，使人想起《红楼梦》第五回说的"白茫茫大地真干净"。
  有一次到泰国开会时，泰国诗人曾心请我题字，我写的是"不可说"，这本是禅家语，其实也是诗家语。和禅一样，诗同样是无言的沉默，无声的心绪，无形的体验，"情到深处，每说不出"，"欲辨已忘言"。心上的诗，是灵魂的东西，往往只可意会，不可言传。禅不立文字，解惑答疑时可以用"喝茶去""不二"之类应付；诗却是文学，而且是文学中的文学，必须要用文字说出那"不可说"，这就要清洗，清洗到极致是以"不说出"代替"说不出"。

这本诗集每首诗后面都有一篇对应的散文：解释诗的成因，综合朋友们对这首诗的反馈。这个独特之处恰好可以诠释诗和散文（这里所说的"散文"是小说、戏剧、散文等非诗文体的统称）的文体界限。《清诗话》收录了吴乔的《答万季野诗问》，共有 27 篇精彩的答问。说到诗文区别时，有这样一段话："二者意岂有异？唯是体制辞语不同耳。意喻之米，文喻之炊而为饭，诗喻之酿而为酒；饭不变米形，酒形质尽变；啖饭则饱，可以养生，可以尽年，为人事之正道；饮酒则醉，忧者以乐，喜者以悲，有不知其所以然者。"酒不再是米，它和饭拉开了距离，"形质尽变"了：从固体变成液体，从养生变成养心。这就有了干净。

　　诗不是观，而是观感；诗不是情，而是情感。"感"就是诗人的审美体验。《灵魂之趣：心灵与大千世界的对话》每首诗后面的散文，是叙事，是世界的客观反映；而前面的诗，是体验，已经从散文升华起来，已经是世界的主观反映了。诗不在乎世界本来怎么样，诗传达给读者的是世界在诗人看起来怎么样。米变成了酒，干净，醇香。

　　张刚有一首《月光》——

　　孩提时看你
　　你是童稚的清亮
　　少儿时看你
　　你是飞天的梦想
　　青年时看你
　　你是激情的奔放
　　如今再看你

你是秋水的模样

生命是一条河流
人是生命的河床
总想挣脱飞翔
终归在你身旁
爱人所爱
想人所想
你彻照每一寸河段
纤尘不染
温暖吉祥

中秋夜,诗人去重庆印制二厂,该厂是抗战时期的中央印钞厂。他并没有在尘封的历史中流连,也没有对现今成为众人争相打卡的网红景点发出感慨,他的观感是:生命,以及照见生命的永恒的月亮。这就是从散文飞升起来的干净的诗啊!

富于理趣,是《灵魂之趣:心灵与大千世界的对话》的又一个特色,这里也许有诗人的本职生涯的影子。诗集里有一首《仲春》,诗人说,这诗是"在重庆珊瑚坝打望所得",重庆话的"打望",就是"观赏"的意思——

花朵似乎都在歌唱
水仙和腊梅却不声不响

树木似乎都在萌芽

却有黄葛树正叶落情伤

其实都在绽放
只是各有各的时令和方向

其实都在生长
只是各有各的路径和模样

如同人人都有想法
有的春发而有的春藏

"理"不碍诗。但是诗的"理"不是概念的"理",诗与世界的联系远比概念与世界的联系丰富。"理"之在诗,如水中盐,空中音,谷中雾,蜜中花,附丽于意象,融合于意象,用苏联诗人马雅可夫斯基的话来说,就是"被感觉着的思想",是一种诗趣。《仲春》写的是"花朵"和"树木",读者的想象绝不止于"花朵"和"树木",读者会想到职场,想到人生,想到大自然。这就是诗的思想张力。

张刚是秀山人,但是出生在海南。这是一位活跃多思、博学多识、视野开阔、能诗能文的公务员,在这本诗集之前,去年就由重庆出版社出版过诗集《黄葛树下》。我至今和他缘悭一面,甚至在读到这部诗稿之前我对他一无所知,真是抱歉。世界上有各种各样的专业,每个行当都有自己特有的高度和难度,水深似海,已过百年的新诗艺术亦然。这些年,诗坛取得了许多新进展,创作和理论都在更新。我以为,如果有时间,张刚可以选择一些符合自己趣味的诗读读,但不必过分在意专业诗人的"技巧"。继续在繁忙公务的余暇写出清新、干净、富有理趣的"每周一歌",打造有趣味的人生,寻求诗意的栖居,这就够了。专业人士也未必可以全信。记得20世纪50年代末的一个笑话:溥仪在特赦后买票去故宫参观,看到墙上挂的照片,说:"这是醇亲王,不是光绪。"工作人员说:"我们是专门搞历史的,是你懂还是我们懂?"溥仪说:"我的确不懂历史,可我爹我还是认识的。"

是为序。

2021年1月

(吕进,西南大学二级教授,国家级有突出贡献专家,重庆市文联荣誉主席)

目录

诗者，寺之言　吕进

美丽乡愁

珠穆朗玛峰　/ 3
北斗星　/ 8
问天　/ 12
月亮房　/ 16
落叶雨　/ 21
香雪　/ 23
长江神龟石　/ 28
致落叶中的黄葛树　/ 32
傍晚写意　/ 35
川河盖草海　/ 39
故乡　/ 43
渝中半岛　/ 48
乡愁　/ 51
红叶　/ 55
荼蘼花的春天　/ 57
精神　/ 59
云端花园的夜晚（外一首）　/ 61
归来　/ 62
远方　/ 66
星月湖　/ 69
武陵山的雪　/ 71

故乡的雪　/ 74
希望　/ 79
终于　/ 83

似水流年

梦境　/ 89
月光　/ 94
巴山夜雨　/ 98
写诗　/ 102
少年　/ 105
午后时光　/ 108
巫山红叶　/ 111
樱桃芭蕉　/ 113
"六一"的故事　/ 116
光阴的故事　/ 118
稻香湖　/ 121
童话　/ 123
桃花　/ 126
清明　/ 128
谷雨　/ 131
新中国　/ 133
感动　/ 137
菊之宣言　/ 140
晚秋　/ 143
周末　/ 145
向上　/ 147
冬阳　/ 149
农家乐　/ 151
刹那间的美丽　/ 153

"抗疫"什志

致逆行者　/ 159
如果　/ 166

盼　　／173
残雪　　／177
致敬大自然　　／179
兄弟　　／181
幼儿的眼神　　／185
牺牲　　／188
春光　　／191
谢H君　　／194
清明　　／198
4月　　／202
善良　　／206
风景　　／213
中秋夜　　／216

地久天长

致京津沪诸友　　／223
相信　　／227
男同学　　／239
女同学　　／242
川河盖之夜　　／246
海螺沟冰川　　／251
刘林老师　　／254
偶遇　　／257
执念　　／259
桂花香　　／264
送成都挚友　　／267
表白　　／271
初秋　　／275
致初冬　　／277
问候　　／279
立春　　／282
初五写意　　／287
春天里　　／289

鹅岭公园玉兰花　/ 292
渝中山脊公园　/ 296
荼蘼花　/ 300
叹息　/ 302
秋思　/ 305
青春　/ 311

半岛沉思

月思　/ 319
影子　/ 323
礼花　/ 326
局　/ 328
夹马水　/ 331
忆　/ 336
荷韵　/ 339
三角梅　/ 341
个性　/ 343
流年　/ 345
秋雨　/ 347
传奇（外一首）/ 349
银杏　/ 350
仲春　/ 353
幸福　/ 355
价值　/ 358
朝天门　/ 361
解放碑　/ 365
潇洒　/ 366
腊梅香　/ 368
雨夜　/ 370
处暑偶感　/ 375
重庆轻轨　/ 379

后记

美丽乡愁

　　我心心念念的乡愁,源起于中国边城凤凰山下梅江河畔梦幻般的薄雾,汇流进重庆渝中朝天门码头长江、嘉陵江交汇的"夹马水"中。然后,随风飘散,融入黄葛古树,三峡红叶,巴山夜雨的意象,还有珠穆朗玛的雪,月亮房上的霜,以及嫦娥五号带回的最新鲜的月壤。家国情怀,一瓣心香

珠穆朗玛峰

——全国『两会』期间，5月27日11时，中国珠峰高程测量登山队一行8人，借助于北斗系统和5G网络，悉数登顶地球之巅

白雪皑皑
峰峦叠嶂
上亿年的修为
地老天荒
这里的海水咸了淡了
浅了干了
大海已把她遗忘

而她的每一块石头
都是海的女儿
每一座山峰
都坚守着海浪的模样
万千雪山中她脱颖而出
蓝色星球
雄豪崛起
最杰出的辉煌

铺天盖地
风云激荡
涌流起无数人
魂牵梦萦的向往
世界与宇宙的边界
辽远苍茫

无法回避的重创
难以承受的忧伤
还有无可诉说的悲怆
都宿命般地带着上路
一如既往

地球之巅的荣光
还在生长
一亿年后
马里亚纳海沟
会留下
她天天向上的影像

（2020年5月29日）

朋友们的微信反馈令我感动。

北京同行Z先生说："诗风独具一格，大气磅礴，气势如虹。"

天府之国资深新闻人W先生说："时代皱褶中仰望，时光波峰中闪耀。你漫步时空的思绪，何言珠峰海沟。年轻的心，诗人的情。一个赞字了得！"

同事Q女士说："日月星辰，我们总能在银河中看见自己的期许与梦境，在现实中看见生命与感动。感谢您用特殊的方式记录历史难忘的时刻。"

同事C先生说："她的每一座山峰，都坚守着海浪的模样，引发我内心的共鸣，不由得翻出当年在珠峰大本营拍的照片斗胆为诗配图。那真是无力抗拒的伟力与震撼。谢谢您给我带来了彼时此刻！"

人性有三大爱，被认同、被关注、被赞扬；也有三大厌，被说不、被忽视、被指出缺陷。作为凡夫俗子，我亦是三大爱和三大厌的适用对象。知道这些朋友为了鼓励我而多有认同、关注、赞美的溢美之词，但我人性的弱点决定了体验后的感受——舒服。当然，那些励志的话也让我有面对神圣、纯粹、永恒的珠峰不由自主地抬高心灵的感觉，似乎进一步明确了写诗和做人的方向。

写这首诗，主要是为了致敬世界第三极的珠穆朗玛峰，致敬成功登顶实现"山高人为峰"的8名队员。

他们依靠我国自主建设、独立运行的北斗卫星系统提供的数据，在中国移动和华为联手对珠峰峰顶实施5G全覆盖的条件下，运用我国自主研发的高精度测量仪器代表全人类首次在峰顶开展了重力测量。

由此，我不由自主地想到，60年前中国人首次从北坡登顶珠峰的那些感人肺腑的故事。

1960年3月，中国登山队二百多人在海拔5200米的珠峰脚下建立了大本营。3月25日，登山队物质保障人员先行出发。5月17日，19名登山队员从大本营正式出发。从大本营到海拔6400米，再到7007米，最后到达8500米营地时，已有50多人冻伤，2名随行科考人员遇难。5月24日9时多，4名突击队员向顶峰挺进，中午12点多，到达海拔8680米处。按照英国人的描述，"这里是飞鸟绝对逾越不了的地方"。傍晚，到达海拔8700米处。

此时，队员刘连满体力耗尽，无法继续前行。在雪山之巅，他写下遗书："我没有完成任务……这里是你们留给我的氧气瓶和糖，你们用吧，或许它能帮助你们早点下山，把胜利的消息带给祖国人民，永别了！"

5月25日凌晨4点20分，中国登山队员王富洲、屈银华、贡布，将一面五星红旗和一座白色毛主席半身雕像带上了珠峰峰顶。中国人第一次站上珠峰，就创造了人类第一次从珠峰北坡登顶的历史。

万幸的是，3名登山队员在下山路上与刘连满顺利会合。手捧遗书，顶天立地的四个男人抱头痛哭。

60年前的那次登顶珠峰的意义还在于，按照当时相关法律规定，中国人从北坡登顶，珠峰北面属于中国。

没有比人更高的山，他们比所有的山更高；没有比脚更长的路，他们走出的路成了后来更多人的路。

科幻作家刘慈欣说过这样一段话：登山是智慧生物的一种本性。他们都想站得更高些，看得更远些，这并不是生存的需要。进化赋予智慧文明登高的欲望，这有更深的原因，这原因是什么，我们还不知道。山无处不在，我们都还在山脚下。

珠峰是地球所能奉献给人类的最杰出的景观，登顶珠峰的人是人类誓与地球最杰出景观和谐相处、彼此辉映的英雄，在我眼里，珠峰和他们都是蓝色星球上的极致之美。

高山仰止，景行行止；虽不能至，心向往之。

愿把这首小诗献给各方面、各领域的人，立足本职，以工匠精神把自己手头的事做到极致，我们都会成为攀登者和登顶人。

愿中华儿女都是这样的人，我也要努力成为这样的人。

北斗星

——庆祝我国北斗星导航系统全球组网成功

双星定位
大音希声
空间定位原理
已然变更

星间链路
天呼地应
高中低轨道布局
撒豆成兵

知己知彼
通导联姻
独一无二短报文
石破天惊

时间基准
空间基准
基础的基础创新的创新
由此而生

你在哪里

　　我在哪里

　　定位导航授时

　　正更加泛在地整合智能

　　世界北斗　中国灵魂

　　星辰大海　伟大复兴

　　别了　司徒雷登

　　GPS　祝你好运

（2020年6月25日）

　　理工男X先生说："科学与浪漫的交织，诗人对科技的礼赞！"

　　同事Y先生说："这是诗歌，也是科普文！"

　　对啦，这首小诗还真是看了有关新闻和科普文章后写下的诗歌体读后感呢。

　　2020年6月23日9时43分，长征火箭于西昌发射基地成功将北斗3号最后一颗全球组网卫星送入了预定轨道，宣告我国提前半年完成北斗全球卫星导航系统星座部署。北斗系统是我国自主设计、独立运行的全球卫星导航系统。

　　第一小节，歌颂北斗系统的中国智慧。按照以前的空间定位原理，对地球上一个目标点进行定位，至少需要3

颗卫星，考虑到时间误差，精确定位至少需要4颗卫星。我国的陈芳允院士创造性地提出双星定位方案，即把地心视为一颗虚拟卫星，再发射两颗地球同步卫星构成星座，实现对区域内地面目标的快速定位。这不同于美国4星定位的中国方案，保证我国以最小的星座、最少的投入、最短的周期实现了卫星导航系统的从无到有。

第二小节，歌颂的是我国平均年龄31岁的卫星研制团队率先提出的世界首个高中低轨道星间链路混合型新体制。这一新体制保证形成了具有自主知识产权的星间链路网络协议、自主定位、时间同步等系统方案，是全球唯一由高中低3种轨道卫星构成的导航系统。

第三小节，歌颂的是北斗系统星星之间、星地之间的互联互通。它不仅具有被动式服务定位方式，而且具有主动定位手段。"我知道我在哪里，能实现我知道我在哪，你在哪，双方可以信息交换"，这是世界上独一无二的。依靠星间链路，导航的精度得到进一步提高，定位可实现米级、分米级、厘米级甚至静态的毫米级精度。

第四、第五小节，歌颂的是北斗导航系统组网成功的影响和未来。它意味着我国作为基础标称的时间和空间信息将不会再由外国提供，而只由北斗系统提供时间基准和空间位置基准，北斗系统会越来越成为我国国家利益安全、社会经济发展、人民生活改善等方方面面的基建的基建、基础的基础。而且，到2035年，我国将建成以北斗系统为核心，更加泛在、更加融合、更加智能化的综合定位导航授时体系，构建深空、深海、室内、地下等统一的定位导航授时系统将取得突破性进展。

最后一节，抒发的是对北斗系统的赞美之情和引以为豪的家国感怀。它已向一百多个"一带一路"沿线国家提供服务，用户数量达到"亿级以上"水平。目前，全世界一半以上的国家开始使用北斗系统。

没有对比，没有感慨。耳闻目睹北斗系统组网成功，想到美国一些反华政客对中国在高科技方面不惜一切代价的"卡脖子"和全方位的战略打压，想到我们现在最需要的"两弹一星"精神正在年青一代中发扬光大，想到我们"两个一百年"奋斗目标，我怎能不为北斗系统而欢呼和歌唱呢？

石家庄的 W 先生说：全诗"大气磅礴，令人振奋。尤其是，'别了／司徒雷登'，寓意深刻，神来之笔！"

"别了，司徒雷登"，这句话是毛主席在新中国成立前夕写下的一篇著名政论文的标题。我感到这句话特别精神特别帅，就用上了；而诗的末尾处"GPS／祝你好运"，有朋友看到市委、市政府外宣杂志《今日重庆》发表这首诗后，担心过度调侃了人家美国。其实不然，我的观点是，美国毕竟在科技、军事等方面都是地球村的"一把手"，谁可能写文章写诗词过度"消费"它呢？不可能。当然，在我国有了北斗系统的今天，我们完全能够以更加自信和开放的心态大大方方地预祝它嘛，预祝它从今以后吉星高照、一路走好，我真的没有其他别的意思啊！

问天

——天问一号火星探测器 7 月 23 日 12 时 41 分从海南文昌航天发射中心飞往目的地

"列星安陈"
这一问
两千多年了
终于尘埃落定
给了火星
我们地球
最亲的近邻

环绕—着陆—游巡
用生命唤醒生命
而这仅仅是
中国的第一问
No.1 to No.n
一切刚刚开始
一切都将验证
苍穹
春暖花开
梦圆
大海星辰

（2020 年 7 月 25 日）

海南文昌，是我母亲的家乡，也是我的出生地。她是中国著名的侨乡、椰乡，如今依托最优质的地理区位禀赋优势，建设成了世所瞩目的深空航天发射中心。这次从文昌中心用长征五号遥四运载火箭成功发射我国首个火星探测器，开启中华火星探测之旅，迈出了我国行星探测的第一步，而且要同时完成"环绕、着陆、巡视"三大任务，确实是意义重大，我当然同全国人民一样欢欣鼓舞，备感光荣和自豪，自然而然要抒发一下内心的感受。

看了这首小诗，有朋友鼓励我说："古诗新词、中文西语""用生命唤醒生命、用问天诠释《天问》"，弄得我有些受宠若惊，觉得应当向朋友们作一些解释才好。

我的英语和古汉语水平有限。诗中出现一句英语，是考虑到人类在近半个世纪的火星探测中，主要是人家美国人干的，人类在火星研究上使用频繁的也是英语，我把自己有限的英语能力都用上，算是表达对美国的一种别样的尊重吧，尽管它的上任总统特朗普为了连任抹黑和甩锅中国都到了脱了裤子打老虎——不要脸不要命的地步。

同时，我想得更多的是，经过7个月的飞行，探测器着陆目的地后，火星上会不会从此增加一种更动听的通用语言用于星际间的交流呢？

我相信，那是一定会发生的，那种语言，就是华语。

"天问"的系列名称，我看了相关系列文章和材料，确实是来源于先秦大诗人屈原的代表性长诗《天问》。其中，有"日月安属，列星安陈"的名句。在漫漫修远的长路中，上下求索的大诗人仰望星空，发出慨叹：太阳和月亮究竟该怎样作精准的定位呢？那些浩若烟海的满天繁星到底该怎样组合排列呢？这一次，我们的火星探测器向2000多年前的大诗人的在天之灵作了初步的回答。

数千年来，中华民族从未停下逐梦太空的脚步，最近的半个世纪，更是开启了波澜壮阔的征程。

1970年，我国第一颗人造卫星东方红一号成功升空，开启了中国人太空探索的第一步。2003年，神舟五号载人飞船首次实现我国的载人航天。2011年，天宫一号空间站成功发射。2012年，北斗卫星导航系统正式提供亚太区服务。2013年，嫦娥三号着陆月球等等。我们这一代人很幸运，刚好出生和成长于见证祖国航天伟业一步步走向辉煌的时代，至今依稀记得我国第一颗人造卫星上天时父辈们半夜起来喜气洋洋、豪情满怀走上街头游行庆祝的情形，更忘不了那个年龄段在那些星光灿烂的夜晚，我和小伙伴们一边聆听卫星传回的东方红乐曲，一边共同憧憬太空和外太空的场景，哦，那首著名的东方红乐曲，就是用的当年大诗人屈原所在的楚国编钟演奏的呢——一切都是这样地巧合，这里面是什么大逻辑在起着决定性的作用呢？

"不知天上宫阙，今夕是何年"，用得着这么伤感吗？

于今而言，搞清楚时间概念那是分分秒秒的事。我想起了开国领袖毛泽东的那些充满伟大预见的诗句："坐地日行八万里，巡天遥看一千河"，"可上九天揽月，可下五洋捉鳖，谈笑凯歌还"，我们的国家现在不是都做到了吗？

已经等待了几千年,中华民族准备就绪,让我们期待吧,遥远的火星上,一定会不断传来天问一号探测器带回的喜讯。

"世上无难事,只要肯登攀!"

月亮房

——因嫦娥五号奔月"挖土"而向往

月亮之上
朝向地球的东方
我想有一间
极简极简的木房

只要有一扇门
可通向蟾宫的檐廊
每一个白昼
我要去见
已寂寞很久的
嫦娥和吴刚
当然,老桂树下
还要一起品尝
醉过李白和苏轼的
那坛杜康

只要有一扇窗
看得见蓝宝石般的故乡
每一个晚上
她高贵的典雅
我都会仔细端详
应和着银河永恒的波光

只要有一张小小的床
累了醉了
遁入梦乡
东方魔笛，轻轻吹响
我的灵魂
会生出银亮的翅膀
在黑夜中飞翔
宇宙深处
漾起天籁般的
美妙歌唱．

月亮之上
朝向地球的东方
我好想好想
拥有一间
属于自己的
小小木房

（2020 年 11 月 28 日）

  这首诗所表现的"独到想象力"受到了从省部级领导到小区保安等一批朋友的好评，引来朗朗月光般美好的笑声。
  反馈的信息很热闹，既有"阳春白雪"，也有"下里巴人"，而把那些表面看起来不太搭界的观点放在一起兼顾"统揽"时,又像是朋友们在表演群口相声般地搞笑。

Z先生说:既越过想象,又符合想象;既听到了身边的叮咚泉水响,又听到了天宇深处缥缈的人声。

C先生说:这是标准的超现实主义诗歌。您一直在不断突破自己,向您学习。

W先生说:视角独特,意象浪漫,意境深邃,好诗。

L先生说:像宫崎骏的漫画。

Z女士说:眼有星辰大海,心有繁花似锦。

L女士说:意境开阔,极富画面感,诗意好邈远哟!

Y女士说:八方天地任驰骋,胸有丘壑,所向所往。美好的期许,惊艳了生活,大隐隐于月。周末快乐!

一家中央在渝企业的董事长X先生说:月亮之上,对着故乡,好想好想有一间小小的木房……浪漫、温馨、诗意、诱惑,极富时空美感的一首小诗!关于建房,您找好位置,我负责设计。

Y先生说:一个人最好的状态是眼里写满了故事,脸上却不见风霜;笔下有满纸烟云,心中却尽是安详。

Y女士和P先生异口同声地说:建月亮房的思路可再开阔一点,干脆建一个同学村,利于今后前往抱团养老。

S先生说:不敢奢求去那里哟,听说月球至今不通班车,配套够呛!

Z先生说:那个地方由哪个审批?价格怕是贵哟!

另外一位Z先生说:无主土地,先占先得,谁快归谁!

D先生说：来吧，小产权房，有户口。

S先生说：那房子的产权应是永久性的，我们做邻居，有事没事加强联系，一起小酌杜康酒。

W先生说：有诗有远方，还有小产权房，此生足矣。

T先生说：凡有月亮的晚上，我都会望一眼月亮，看一看那属于自己的小产权房。

酒量很好的Z先生说：月亮上喝酒，记着邀我同往！

Z先生直截了当地说：那里太冷，不去。

Z先生说：何时眼前突兀见此屋，吾庐独破受冻死亦足！

L女士说：你这一段时间的诗特别的柔，有一种发自内心、不由自主向外散发的美，读起来很有意境很舒服。

J先生说：那小木屋太奇妙了，能不能借我住一宿？我也想看看嫦娥妹妹！强烈建议，此诗应及时发表！

有一位专栏作家Y先生，一家人一起品读，还把他们朗诵的音频发给了我，可惜在这里没法转发。

T女士说：这首诗十分美好，建议做教材。

我对她说，这样的建议作者听了当然会感觉良好，可它做教材还有差不多若月球到地球的距离。

还有几则评价，让本人看了都感到肉麻得心惊肉跳了，那不成了把我往死里弄吗？算了，我都不好意思转啦。

重庆出版集团的G先生来电话，说是本书的装帧设计出来了，责任编辑Z先生把书稿也看出来了，提了修改的意见与建议，让我看看妥否。

G先生是在国内外都拿过大奖的装帧设计专家，我是外行，肯定信任作为好友的他及其同事。

　　Z先生的修改意见和建议，包括修改记录、存疑和建议三个部分，很详尽，整整写了9页纸。修改记录中，对序言、正文中的病句、错别字和成语作了全面修改。存疑部分，需要作者核定，标注精细入微。建议也很切实、具体。比如，Z先生对第52页稿件编码的《初五写意》"鹅黄轻染干枯柳絮"存疑：柳絮指的是柳树种子上面絮状的白色茸毛。一般4、5月柳絮飘飞。本诗写的是2月（农历正月）间事，柳枝刚发芽，尚未结种子，推断"柳絮"一词为误用，当为"柳枝"。诗句表达的意思应该是干枯的柳枝冒出鹅黄色的柳芽。故，请再斟酌。

　　一流的出版集团必定有一流的专业人才作支撑。这一次，我真是近距离地领教了重庆出版集团业务中坚和骨干的风采了，其敬业精神、专业素养和职业操守，令我肃然起敬！

　　我拨通了未曾谋过面的Z先生的电话，很高兴地表示自己完全赞成、全盘接受他的修改意见和建议，由衷感谢他和他的同事的心血付出，热切盼望经过他们的精心把关，这本书的品相会更加契合读者高品质精神生活的需要。Z先生很友善，表示乐于同作者一起努力，争取出一本好书。

　　到月球上建房子，目前看来，可能性较小；在大家的帮助下，写一本质量超过自己以前作品的小书，可能性较大。现在而今眼目下，落实编辑要求，我在临时工好友L先生的帮助下，努力做到集中精力把书稿改好，并尽快送回人家出版社审定。这是当务之急，必须抓紧抓好。

落叶雨

——2020 年 12 月 5 日清晨,照母山邀月阁观景

泛黄日历
五彩蝴蝶
不见别离的悲凄
满目憧憬的喜悦
寒风掠过
无边无际
倏忽没了踪迹
都去了哪里
都去了那里
一首新诗的朝圣
低至尘埃
亲吻黑褐色土地
融入沉闷
融入寒郁
融入悄无声息
人们视域的盲区
滋养盎然生机
白淡的世界
美丽诗句
就要长出迷人的新绿

上周末写的《月亮房》，一些朋友看后回复的微信浪漫而幽默，中心意思是，拜托作者想想办法，在月球上也为其代购或代建小产权房，最好同我的小木屋一样，都朝向地球的东方。

目前的月球确实尚属"无主之地"，可我有他们期待的那个本事吗？

经验和教训不断从正面和反面告诉我一个朴素的道理：人生太浪漫了，不行。于是，这个周末，我一改诗风，《月亮房》后，写出了这首《落叶雨》。

年末岁尾，寒郁天气，照母山顶邀月阁，独自细听风吹山林沙沙响，没有"无边落木萧萧下，不尽长江滚滚来"的壮怀豪迈，却真切地感受到那些飘飞的落叶，像极了泛黄的过往日历，像极了春夏秋三季照母山公园里的翩跹彩蝶。它们纷纷扬扬地四处飘落，看不清楚每一张叶片准确的落点，却能够断定其方向和目的是这片土地，是这片山林赖以生存发展的黑褐色土地。落叶不忘根的情，纵然生命即将消逝，它们也要叶落归根，每片落叶不曾相同，但都有一个共同的心愿——把自己的血肉和灵魂融进这片多情的土地，在人们看不见的地方，以自己钟情的方式拥抱树根，滋养土地，孕育新绿，实现自己身与魂、形与神的统一。

我相信，这样写诗，作品定有浓郁的诗意；这样生活，日子定有别样的情趣；这样做人，人生定有美好的意义。

香雪
—— 答家乡同学 F 君

昨夜子时
你打来电话
问我回不回去
说海拔高的地方
已下起一场新雪
好想回去
回去看雪
回去捧闻雪花的气息
可身不由己
难定归期
只好隔着屏幕
想象新雪的万千诗意
元旦之晨
洁白的世界
会冒出麦苗般的喜悦

（2021 年 1 月 1 日）

这首小诗是2020年最后一天的深夜写下初稿，2021年第一天的凌晨起床修改，清晨时分作为新年问候——亦即是一位朋友看了小诗后称之为"别致的新年礼物"——发给了我亲爱的各位朋友。

一位朋友发来一首词《2021年元旦》：

喜东风正劲／欢乐人间景／凯歌扬战旌／小康成。

鼓号声声阵阵／启新征／启新征／筑梦神州／更当天下惊。

他老兄是一个地区的主要负责人，站位稳、立意高、格局大，诗词寓意当然也很深。

一位擅长旧体诗的朋友以律诗《岁首抒怀》相赠：

晴阳逐梦任西东，卅载拼忙总是空。

苦叹严霜欺芥草，难消寒雪问春风。

昏鸦怎识青云志，老马才知伯乐功。

跌下凡尘皆落寞，几人赢得去争雄。

沉雄中有些低沉和伤感，抒发的应是这位老兄怀才不遇又心有不甘之情。很遗憾，我帮不上他，唯愿他在新的一年里胸襟更加豁达，并邂逅其命运中的"伯乐"和"春风"。

一位朋友说：人与人之间，最强的吸引力不是容颜，不是财富，也不是才华，而是你传递给对方的温暖和踏实。人生并不全是利益的竞争，更多的更应该的是相互成就，彼此温暖。祝福亲爱的朋友新年快乐、吉祥安康、万事顺达！

他是一位技术工程专家，说出的话如此感性和温润，感动得我一时无言以表。新年的第一天，我真切地感受到了浓浓的年味，正如另外几位朋友说的那样：元旦之晨，洁白世界诗意万千，麦苗般的喜悦正冒出心田。

一位朋友引了宋朝卢钺的《雪梅》赠我，"有梅无雪不精神，有雪无诗俗了人。日暮诗成天又雪，与梅并作十分春"。她说希望我新的一年里要坚持写诗，让2021年也成为"诗情画意又一年！"

有3位朋友说了类似的话：洁白与嫩绿，清新一片、生机盎然，家乡总是诗意满满。有诗陪伴，心生喜欢！如果再下新雪，希望你带着我们一起去你家乡过年！

是吗？我倒是很想请所有的朋友都去我的家乡过年，可大家都去，这费用谁来买单？——我还想去他们家乡过年呢！

更有意思的是，两位互不相识、天各一方的年轻朋友，不约而同地用照片加感言的方式同我交流，令人感奋不已。

一位朋友拍了我两年前的诗集《黄葛树下》蒋登科教授作序的首页和我的后记，一并发给我，附言说，新年的第一天，他正在"复习，很有意义"。"两年来几乎不'催债'。有点时间，就用来复习，很愉快。"

我很感动。这位朋友是我兄弟的中学同学，赳赳武夫般男人形象，记忆力很强，写得一手好字。他所说的"催债"，指的是曾有一段时间，每当隔上一周收不到我写的小诗时，他就会把抄写好的我的旧作发给我（有时还是在下半夜发），对我开展启发式催逼，让人感动之余心里陡生愧疚。这位"喝不醉"的兄弟很有意思，他曾经多次说过，其内心同北京大学图书馆原馆长程郁缀先生一样，很喜欢我多年前写的《秀山早酒》，每当同客人吃饭喝酒至高兴处，他总会手举酒杯，高声背诵那首诗歌，营造出亲切诙谐的氛围，客人们常常会情不自禁地兴奋起来，在他"喝哟喝哟，还有还有！"的呐喊中愉快干杯。

另一位朋友则是把我当年走马观花看德国后写下的《若有所思话德国》一书的封面和我签名赠书与她的两行文字拍下来发给了我。

哟，有这事吗？放大图片仔细看，那字还真是我的，落款时间是2009年8月3日。这位朋友年龄小啊，12年前她应还是我不认识的学生娃娃，这是咋回事呢？

正疑惑间，她发来一段文字：《若有所思话德国》是我的一位挚友当年在该书首发座谈暨签售式上买的，请您签名后于当天寄给了正在北京上研二的我。"今天看来好珍贵哟！时隔多年，2021新年的第一天再次翻阅，我颇有'初读不知书中意，再读已是书中人'的感觉。当年拜读，读之皮毛，从父女之间的'个性化'交流方式中，感受到一位父亲对女儿的殷殷教诲，认识到一个丰满立体的德国，开了眼界、长了见识。这次品读，读之精髓，意在从中外对照、古今比较中去思考，他国的反腐败制度对我国的有益启示，如法治化、廉政教育、高薪养廉、干部个人财产申报、各类监督等多种方式……中国已在路上并正逐步完善。非常幸运，这么多年以后我竟能有机会认识您，必然相见，缘分使然。谢谢您！"

缘分，真还够奇妙。我在心底感谢这两位年轻人和其他好友对我的友善和鼓励。也是2021年1月1日的当天，一位在重庆某大学做副校长的诗人朋友转了好像是冯唐的两句诗给我，我也用这两句话来表达此时的心情：愿无岁月可回首，且以深情共余生。

　　但愿我的小诗能够给每一位朋友都带去一点点生活的美好和温馨！

长江神龟石

——重庆朝天门码头，长江嘉陵江汇流形成夹马水域的南端，有龙门浩月网红景点，2020年5月16日与诸友前往打卡，共赏百年一遇、微笑向天、长120米宽80米的巨型神龟石

一年，两年，三年
百年，千年，万年
流年的江水
雕琢
中华神龟奇观
沧海桑田
要泡烂多少
嶙峋坚硬的石头
才会有那嘴角
优美的曲线
哦，它一直微笑着
无论是深埋江底的无边黑暗
还是一百年一次
露出水面

（2020年5月16日）

一位退休的老领导反馈了4个字："震撼，好诗。"

我感谢他的鼓励，他便不无幽默地说：你应该到文化宣传系统工作。我撒娇般地开玩笑说：目前，本职岗位还需要我坚守，本下级也乐于在本职岗位上继续操练。

首长没再回复。依我对这位正部级领导的了解，估计他会无声微笑，说不定还骂上一句："这小子！"

写这首小诗，我在文字和韵律上是用了心的。

里面有比喻，也有拟人等修辞手法；更重要的是，我把自己多年积淀的一些内心体验，移情于那块酷似乌龟的长江巨石，诗里的它似乎成了一位思想深刻、笃定坚忍、博大乐达并几近化境的智者哲人。我相信，这在意蕴上能够给一些读者，特别是有一定经历阅历的读者以驰怀畅神的空间。

C女士说："打卡南滨路、目睹神龟者可谓人流如织，唯有你用美诗作了别样的记录。"

可能还有人更早地用诗的形式作记录，只是我把它作为寓意祥瑞的中华神龟来写，引来了一些朋友的热情点评，有的质量很高，颇富新意和深意。

成都诗人C先生说："泡烂你才让你美，这美有何益？可我们都欣赏，用一颗扭曲的心！"

这位仁兄是好人，思维和观念新锐而犀利，常常是"语不惊人死不休"。也许，像他那样有天赋的诗人就是应该有着这样的鲜明个性吧？吃不准，但这不影响我对他的尊敬。

更多的反馈是正能量的。

北京的W先生说：神龟锁大江，任他风与浪。日月照千年，悠然入梦乡。

重庆的 W 先生说：磨难，或者磨炼，是一个人，一个民族，甚至一道自然风景走向辉煌的必经之途。

老领导 Y 先生，则是以历史亲历者和见证人身份写了一段文字发给我，算是为古代巴渝十二景之一的"龙门浩月"作了一次正本清源。

他说，想去江边看看，又听说因担心安全，有关部门已封了现场不让进入。其实，那是巴渝十二景之一的"龙门浩月"的龙门所在。他20世纪80年代初上重庆职工大学，南岸班的教室就在龙门浩。2015年班上筹备印制毕业三十周年纪念画册，书名就叫《龙门浩月》，封面由他设计，班上一位同学画了漂亮的钢笔素描，他刻了"龙门皓月"印章做扉页。龙门就是那壁龟石，不过那时的水位没有今年这么低过。

他说，龙门浩的得名，是因为那里曾有上下两列石梁顺江而立，长江在经过石梁时被一分为二，形成外急内缓的两道水流，由于石梁中间有一处断缺，犹如一道门，据传于清代早些年间，有人在其内外雕刻了"龙"和"门"各一个字，当地习俗把石梁缺口以内称之为"浩"，"龙门浩"由此得名。奔腾的江水涌入石梁内形成一个巨大的漩涡状水面，每当月亮升起，漩涡酷似月亮，天上和水面两个月亮相映生辉，成为重庆的一大美景。

他还发来一张图片，栩栩如生的巨型龟石，波光粼粼的黛色江面，背景是朝天门广场上矗立起的来福士楼宇，龟石右前侧位置是一湾被石梁围合而形成的平湖，其上方一轮满月熠熠生辉。他说，这里成了重庆的新网红了，这张图片在网上传得很火，但月亮是 P 上去的。

独自看着图片中 P 上去的月亮，我笑了，笑出了声来。

我们重庆人的性格特质中，幽默感和开拓精神是特别活跃的。呼应着这块巨大的龟石，那一段时日里，本土的网络达人们调侃演绎出一系列新鲜诙谐的说法。

比如，称神龟石背后隔江相望的朝天门广场的来福士建筑综合体为"新加坡重庆分坡"；而神龟石右后侧更远处的江北嘴大剧院下方、临长江那片难得一见的白色沙滩则成了"马尔代夫重庆分夫"，等等。

一个任何时候都洋溢着火锅般红红火火、浓烈人间烟火味道的城市，一个普通市民都能够较好地领悟和创造幽默的蓬蓬勃勃、生机盎然的城市，你会担心它没有网红打卡地吗？你会怀疑它对美好生活的无限热爱、对高品质生活的强烈追求吗？

万里长江中的重庆段，神龟石一直微笑着。

致落叶中的黄葛树

遍地沙砾
只要余半星土壤
连日霪雨
只要存一线阳光
高热高湿
或寡郁寒凉
只要还有空气流淌
你都会
在贫瘠中生长
在风雨中昂扬
在奋进中歌唱
忠贞着粗犷
执着着敞亮
顽强着豪爽

只有在落叶的日子
人们才见识你深沉的悲怆
那些丰硕黄亮的叶片啊
是大瓣大瓣泪水凝结的心香
飘零挣扎
蜕变激荡

催生出
繁茂翠绿的诗行
蓬蓬勃勃
浩浩荡荡
天风中
怒放飞翔

（2019年6月23日于重庆市渝中半岛中山四路）

  重庆市的中山四路，有着"中国最美十条街"之一的盛誉。
  在我看来，支撑其美誉度的是"双绝"。
  一"绝"，它是第二次世界大战期间国内外风云际会之地。长不足千米，却拥有抗战时期世界反法西斯同盟中国指挥中心、国民政府、周公馆、戴公馆、桂园等名闻遐迩的历史旧址，其承载的国家记忆和政治文化之厚重，陪都时代的所有街道无出其右。
  二"绝"，就是它从街头至街尾遍种黄葛树。十米左右一棵，每一棵都茎干粗壮、古态轩昂，每一棵都有一个故事或一段传奇，而那些在墙头或石壁上虬曲苍劲着斜出生长的根须，恰似那些故事和传奇的情节与细节。放慢匆忙的脚步，从那一棵棵重庆市树读下去，人们就能够读懂饱经沧桑的中山四路，读懂重庆人顽强、坚忍、包容、大气的精神气质，读懂黄葛树一样的重庆人和重庆人一样的黄葛树，读懂这座千百年来始终站立着的英雄城市。

傍晚写意

——冬日暖阳下,重庆首届工笔双年展上一幅画的启示;兼答好友Z君现场之关切

暖融融的心情
散落一地
黄了银杏,红了枫叶
微风中翩跹
若缤纷的蝴蝶

这初冬的精灵
这斑斓的美丽
一朵一朵
轻放筐里
今晚,我要把它们
都带回家去

可一转身
蝴蝶纷纷飞离
刹那间
筐内空空如也

只剩下
风在叹息
云在沉思

（2020年11月15日）

在好友L先生主办的画展上，好友M先生友好地将我一军，叫我写一首诗，于是，有了这首小诗。

朋友们的议论比小诗更优美和深刻。

W先生说：缤纷与空灵相互渗融，繁复后的纯净，纯净里有不想言说的一切。

Y女士说：这首诗以色彩和灵动状物、写意、抒情，多彩美丽，场景无边。"散落""轻放筐里"尤为生动；"转身""飞离""刹那间"心底对人生涌起深深的感慨：美景易逝，生若浮云，从古至今，又有谁能掌控万物和命运？

Y女士和G先生不约而同地说：静静地听，静静地想，非有，非无；非满，非空。

L女士说：哪有的空空如也？我们分明收获了一片暖暖的冬日阳光！

Y先生说：终于，在这个周末快结束的时候，优美的小诗又翩然而至。且枕着这诗句入梦。晚安，好梦！

Y先生说："正是橙黄橘绿时，我言秋日胜春朝"。读罢你的诗，感怀四季的美丽，感恩生活的美好，带着暖融融的心情开始新一周的工作。祝您一周愉快！

Y女士说：往日不再，来日可追，时间印记，唯有笔墨。有情绪、有情感的诗作，能把时间和生命一起留下来。

Y女士说：你是解读了画意，还是解读了画家的心情？我答：都有。

H先生说：景色太美，可惜不能携带。我答：大自然慷慨，能带尽量带。

今天还有让我感到特别高兴的事呢。

我敬重的C女士把这本书稿发给了她的老师西南大学的吕进先生，拜托他审阅后看能否亲笔写一篇序言。请吕进先生写序，我心里没底。中国诗歌评论界有"南吕北谢"之说。"南吕"，指的是重庆市文联荣誉主席、西南大学二级教授（中国的大学中，文科类专业不设一级教授）吕进教授；"北谢"，指的是北京大学的谢冕教授。大名鼎鼎的吕进先生，会为我等无名之辈亲笔作序吗？

结果却让我喜出望外，吕先生看了书稿后很快答应作序。在第六届中国诗歌节于重庆闭幕后不久，这位蜚声海内外的著名诗评家写好了序言，并发给了先生所说"缘悭一面"的我，其虚怀若谷的大家风范，令我感佩不已。

我很快给吕先生回了微信：

吕进先生晚上好！

高山仰止，景行行止，虽不能至，心向往之！

拜读三遍后，我认为衷心感谢先生鞭策的最好方式，就是要照着您的指引多读一些好诗，坚持"每周一歌"，依靠您和其他良师益友的关爱帮扶,不断提升诗品诗艺,努力让自己的生活因诗歌而更加鲜活,生命因诗歌亦更具质量。

待拜见先生时,再当面聆听教诲。谢谢您!

其后,我将吕先生所作序言发给了正为本书作封面设计的G先生。他看后说:吕老师写得太好了,深刻而又平实,晓畅而又古雅,好文章,充满人生的哲理与智慧!哈哈,我压力山大啊,不做好设计,怎么对得起两位大家呢?

我答:您对吕先生序的评价我完全赞成!我视之为先生的重要诗论和艺术哲学的体现。先生的激励肯定是我争取更上层楼的动力。谢谢您的鼓励!

同时把序言也发给了著名诗人F女士分享,并说:向您报告,新书由吕进先生亲笔作序,我很感动和振奋。

她看了后回复:恭喜新诗集出版!诗歌兼以散文,这种出新的形式很让人期待。吕老师的序很有高度和深度,很给力!祝贺!

今夜,重庆主城区降温了,可诗歌带来的喜悦在心中升起了冬日暖阳,我感到温暖而又舒爽。

川河盖草海

对不起，朋友
昨天
我醉得厉害
没能够如约回来
只因为川河盖
那迷人的十里草海

色若翡翠
浩如烟海
骑着马儿悠哉游哉
我成了
大海上的一叶扁舟
万里碧空的一朵云彩

人迹罕至
不惹尘埃

野黄花
是偶尔的美丽点缀
凉风轻起
涌动梦幻天籁
我心飞翔
灵魂自由自在

对不起哟，朋友
今天以及明天
还不能回来
马儿累了
已让它离开
我留在这里
川河盖
愿草海把我深埋
白天
看云朵发呆
夜晚
在梦中
变成一株小草
融入这片纯净的海

（2020年8月8日于示弱斋定稿）

反馈的点评大多富于诗情画意。

C 女士说："沈从文写道：'拿起我这支笔来，想写点我在这地面上二十年所过的日子，所见的人物，所听的声音，所嗅到的气味……'湘西是他的根。川河盖在您的作品中出场很多，它也许是您的湘西！"

我回应："谢谢您的鼓励！"有人说，没有做不到，只有想不到。但我知道，有的事想得到也做不到或不容易做到呢。

Y 先生说："在康河的柔波里，我甘心做一条水草！在川河盖，昨天、今天、明天，我都不愿回来，愿变成一株小草，融进那片纯净的海！草海美，诗更美，有机会一定去体验一下，不知还有风吹草低见牛羊的景象没？"

我回应："南国草场，别样动人。"

少有对我的诗作谈看法的 M 先生也认为这首诗不错："'川河盖／愿草海把我深埋'，新诗中的经典句子！"老先生博学多才，诗书画功力深厚，我很尊敬他。

我同样尊敬的 X 先生说："深情、浪漫、潇洒、出尘"，同时，他还转来其美女同学 N 教授的微信："好深情！川河盖已融入他的生命。"

朋友都是善良和仁厚的，他们在用激励式教育法对我作励志帮助，哪怕好话说过头一点也没关系，出发点和大方向是为我好，是在鼓励我坚持写、争取写出好诗来。

有朋友说："这首诗以直白的语言，表达了内心质朴、真实、强烈的情感。仰望蓝天白云放纵思绪，坐拥轻风明月独享宁静、醉酒、骑马、看云、圆梦，展现了川河盖独特的自然环境和带给人们那份难得的视野、轻松和纯净，流露出作者对大自然、对家乡的钟爱和迷恋。轻松浪漫，引人向往，意境好美，很喜欢！"

有朋友说："那是你心中的梦，你梦中的原乡。"

有朋友说："太美，在我眼里，您创造了一个星球。"

有的说："川河盖，让你魂牵梦萦的地方；故乡如初恋的情人，难以忘怀。潜意识地沉淀在往后的生活中，比较、撕扯、拼接、想象、联想……总之，抹不掉的痕迹——枯燥或炫丽生活场景中的底色！""好，期待从更多的角度描述川河盖风光，到时候就以《川河盖》结集！"

也有朋友幽默感十足地拿我开涮。

有的说我是"川河盖的'盖痴'"，有的说我是"被公务员耽误了的诗人"，有的说这首诗是秀山"最美草海最富内涵的无价广告"，等等。

写这首诗时，我的心情确实是"高兴起的"。中央"八项规定"精神一年比一年深入人心，庚子年防控新冠肺炎疫情的标准很高要求很严，所以，这次回去，我没约人，也没人约我，少了好多应酬，又避开了酷暑中重庆主城区那铺天盖地、让人透不过气来的钢筋水泥森林中的高热高湿，川河盖的清凉和干净、闲适和美丽，便成了我现实生活中的伊甸园，用心用情来描绘和咏叹，于是这诗便有了一些朋友喜爱的质地。

衷心感谢朋友们的点赞！

故乡

那时候
总嫌你太小太土
甚至太脏
说什么都要离去
浪迹天涯
云游四方

到如今
归去来兮
才突然发现
一切竟然似曾相识
繁华都市
像极了我的村庄
辽阔大海
像极了村口的那面
山坪塘

原以为
向着远方
已走出很远很远
细加思量
却一直行走在
两面一体的那枚硬币上
他乡故乡
远方心上
其实
都是同一个地方

微风拂过
百草芬芳
今夜的月亮哟
分外
圆润皎洁温香

（2020年8月2日于重庆秀山川河盖景区）

  这首诗是我陪同好友X先生及其三位中学同窗去秀山川河盖的当晚写下的。
  Y先生说：淡淡着笔，让人感受到了清新的空气和万物的生机。作者对故乡的爱和眷恋真挚深情，令人感动。

C 女士说：乡愁温馨，读后让人宁静舒缓，回味无穷。

Y 女士说：好美的地方，既担得起安放，又适合前望。

Z 先生和 L 先生说：这首诗意蕴很美，写到了大家的心坎上。去不了的地方叫做远方，回不去的地方叫做故乡。

我对故乡情有独钟，特别喜欢川河盖那独特纯净的美。

2020 年 7 月 27 日晚上，学者型老领导 Y 先生发来一组照片，说是他的同学在川河盖拍的，并说"常闻诗中川河盖，今天有同学上去才见了图"。看了照片后，我当即发给 Y 先生一段被规划设计专家 X 先生称为"川河盖形象代言"的文字：

向您报告，这些图片仅是川河盖的皮毛之美，而绝非其真正的魅。

游川河盖美景，外行或秀山当地有的朋友不专业或不太负责任，那就会建议或带着你早餐后上川河盖，午饭后下山来，然后住县城或凤凰、铜仁等地。

这是不懂或不愿您认识真正的川河盖。要识得川河盖之魅，最好是在下午 4 点左右出发，5 点左右下榻星空酒店，然后外出散步或晚饭后散步，那才可能切肤般感受川河盖，领略她独特奇异之美，我且称之为魅。

春夏秋之夜，无论阴晴雨雹，那高负氧离子中不同于仙女山、九寨沟的百草香，无时无刻不在抚慰着你，那如山野稚童般纯净调皮、爽润妥帖的风，时前时后地簇拥着你，那如诗如画、常常来有影去无踪的魔幻般的雾撒娇般地撩拨着你，还有那每一个朗夜都一定看得见、似乎踮起了脚尖便可伸手摘下的星月，还有那些分分秒秒比川剧变脸更精妙十倍百倍的变化莫测的七彩云烟……

　　这时候，作为游客的你才能与我共情，也才会有魅力川河的真切体验。是夜，无论你去还是不去天街美食区或湘黔烧烤店与那些素不相识却豪侠友善的外省人切磋酒艺，你都会有梦幻神奇、飘飘欲仙的感觉。

　　当然，若是晴朗天气，建议您不要在醉氧状态中过于贪恋深度睡眠，还是要用上报时提醒，次日5点半前后起床，去看川河日出，赏三省边区万亩梯田、万亩茶山、万亩花卉和万顷云海，那九里半的临崖步道都是您的最佳观景平台。

　　至此，如果你此行不写诗、不作曲、不画画，假期有限又没带有深度思考的课题或任务，建议早餐后果断退房，从索道下山，半小时内抵达秀山百年西街，一定要去感受当地赶早场、习早字、喝早酒的民俗文化；或者，稍事休息后，直奔山下黑洞河去作七里半的漂流。在近200米高的绝壁上飞泻而下的瀑布水帘的掩映下，你的皮划艇会很快融入暗河中，今夕何夕？时空穿越，有可能你会以为自己正在去往火星旅游的路上呢！

　　请您亲自记住哈，川河盖之魅，不在白天，而在傍晚和清晨。离开的时候，请不要带走一片云彩、一缕草香，到了山下，百年西街和灵异漂流，自当会予您加倍的犒赏！

　　Y先生看了很高兴，爽快表示：好啊，一定找机会照你的指引去体验一次！

　　28日，这则"几不像"的文字由秀山百姓网的网主H

先生以《一个外地游客：我把川河盖之魅说给你听》为题转发了。

29日，它又被今日头条以《与川河共情：感受魅力盖上的满眼星河七彩云霞》为题转发了。

被人欣赏，是我感到幸福的事。

周末休闲，很放松。因同行朋友中有人没去过沈从文小说《边城》的原型地，我们一行从川河盖下山后便径直去了边城。

别来无恙，清水江还是那样碧绿，两岸三省市边城的风景还是那样优美恬适。

我们一家三口照了合影，当即发给远方的少时朋友，还附了文字说明："重庆的'三不管岛'上，背后是湖南的茶峒。"但愿远方和故乡，今夜都能升起一样圆润、皎洁、温香的月亮。

渝中半岛

——向重庆母城、主城核心致敬

巴岳与两江奇遇
山清水秀间挺立
曲折交错中爽直有序
多变粗犷中执着精细
锱铢必较中兼收并蓄
逼仄迂回中包容大气
八百年了
常有出其不意
总能安稳妥帖
还有比它更具神韵的城市吗

悬崖城头
嘘着口哨
轻轨穿楼潇洒而去
娓娓道来
空中索道讲述网红传奇
两江四岸的那些黄葛树呢
古态盎然
微笑不语

（2019年3月9日）

一早起床，禅定般坐在屋里写作，一气呵成，写成这首小诗，轻松、洒脱、惬意。

用得着外出采风吗？不用。在这座城市生活几近 30 年，3000 年江州城、800 年重庆府、100 年解放碑等符号，早已长驻心田。我对她的学习、熟悉和热爱，决定了写篇文章写首诗是一件相对容易和愉快的事。

本来，这首诗的前面还有四句，大意是高高低低、密密匝匝、层层叠叠等形容老旧重庆建筑风格城市风貌的描述性句子，发出去后，L 女士，一位水平比我高、文字比我好的美女毫不客气地指出：拖沓，无用的铺陈，画掉更好。

略作思考后，采纳。

我的诗作经常是这样，精彩诗句常常是朋友改出来的。

这些"一字之师"中，有同乡、同学、同事、同行、领导、下级、长辈、晚辈，他们的社会职业，有的是医生律师，有的是作家诗人，有的是普通公务员，有的是省部级高官，有的是社区工作者，有的是单位临时工和小区保安，等等。迥然相异的经历阅历和人生体验，决定了每位朋友各自读诗、品诗的不同视角，但他们都有过人之处，所提的意见建议常常令我喜出望外，不少人的水准确实在我之上，我必须以他们为师。

这本诗集里，有一半多的诗是采纳朋友建议修改定稿的，我对他们心存感恩，由衷感谢！

有朋友们的指导帮助，我也坚定了信心决心，将一如既往地坚持工作、写作两手抓，写作、分享两不误，同时依靠朋友对作品的"二次创作"来反哺、滋养、提高作品质量，提高自己人生的境界。

　　需求牵引供给，供给创造需求。近年来，我似乎也一直奔忙于"需求"与"供给"之间，体验着别样的人生滋味，向往着更加美好的精神生活，内心感到格外的愉悦和妥帖。

　　处于世界百年未有之大变局，生活在这座英雄的城市，沐浴着朋友们友情的光辉，有时想说的似乎太多，真要说时却又无以言表。那么，就让我学黄葛树吧，微笑不语。

乡愁

——示弱斋怀想

昨天比前天快一尺
明天比今天快一丈
人生苦短
珍惜当下
珍惜爱和忧伤

比如
回到故乡
老宅闲住一宿
醒来慵懒床上
细数万字窗格
透进的缕缕阳光
是否同从前一模一样

比如
邀约少时玩伴
河里捕鱼捉虾
架锅熬汤
困了
枕廊桥细浪渐入梦乡

抑或到了晚上
茕然登临屋后山顶
冥想
一个人朝圣
仰望漫天星光

（2019年8月3日）

  朋友们的优秀，逼迫着我不得不跟着他们学习优秀起来。

  银行家L先生说：读刚哥的诗，似乎看到了透过窗格阳光中轻舞的尘埃，听到了廊桥下细浪里青鱼上行扑翅的声音，听到了晚间屋后山顶松林间繁密的虫声，看到了漫天星辰半夜后流星划了长长的光明下坠。一切都那么熟悉，却又那么遥远啊！

  医生H先生说：这几天常在想，为什么很多人都喜欢称童年为美好的童年？童年咋就这么能抓住人心呢？尽管很多人那时候并不富裕，甚至生活在贫穷和艰难中。我似乎想清楚了，那是因为童年简单。简单就美好吗？也不，应该还有时间的沉淀，时间的沉淀自然就滤掉了那些不愉快。所以，人们长大后都很怀念童年，对那些回不去的美好时光充满眷念，最深情的眷念。

  于是，他写了一首真情的《眷念》回赠于我：

新衣服穿旧了弟弟妹妹穿 / 新鞋子买大点塞上棉花团 / 还有一本连环画 / 三个人蹲着看 / 哦，童年 / 哦，眷念。

一张桌上画着三八线 / 明明想搭话偏偏去找碴 / 引起哄堂大笑自己偷偷看 / 我的那个小芳是否在注意咱 / 哦，童年 / 哦，眷念。

那时候从没想过 / 长大了怎么办 / 爸爸身上的烟味道闻着就安全 / 只晓得没有了小伙伴 / 一点都不好玩 / 嗯，不要问小芳是哪个好吗 / 我的小芳经常变 / 我的童年 / 我的眷念。

乡友Y小妹说：乡音难改，乡情不忘，只要回到故乡，即使啥都不做，内心也是幸福的。这扯不断的情愫，离不开的乐土，是出走游子一生的牵挂。

北京的P先生一如既往，回赠的是一首小诗《乡愁》：

缓缓驶出的列车 / 载不动 / 对故乡的眷恋 / 岁月不居 / 记忆中的那山那水 / 不觉间 / 便有了新的容颜 / 于是 / 在来去匆匆的旅程中 / 割舍不下的 / 浓浓的情 / 化作忧伤 / 在空中弥漫。

本市M女士说：珍惜当下、珍惜爱和忧伤，你的诗中常会有那么一两句不经意间会触动人心柔软处的金句。

北京同行T先生又进步了，成为一家央企的领导了。他的反馈别出心裁，发来一组照片，是他在法国尼斯参加国航首航仪式时和当地官员及几位中法一线明星合影的照片。我开他玩笑说，与"小鲜肉"们合影的您看上去时年30岁左右，咋搞的哟，有了法国式浪漫的滋润，任何人都能够实现逆生长吗？

这位仁兄没有及时搭理我，应该是很忙吧。两个小时后，才回了三个拥抱表情。

什么意思？我仔细看那表情，想判断它是中式还是法式，如果是法式的，我得找出马思聪的《思乡曲》，发给当上领导的老友，并幽他一默：法国再好，也不能乐不思蜀哈。

红叶
——忆巫山仙履台观景

看见你了
犹如
料峭春寒
小黄花的微笑
暮云合璧
初升星辰般寂寥
朵朵精灵
簇簇火苗
燃烧孟冬的沉闷单调
千丘万壑
峰魂水魄
即将滚动
万山红遍的呼啸
而那块中国
最古老而多情的石头
远眺天际
正牵手峡江波涛
酝酿领唱
江山如此多娇

(2019年11月10日)

中国最古老而多情的石头，指的是重庆市巫山县境内长江三峡最美的十二峰之首——神女峰。

神女峰和神女是美的精灵，爱的化身。从屈原、宋玉、刘禹锡、苏轼、陆游到时代巨人毛泽东，都对她有着神奇的描绘和无尽的感慨，写下的那些堪称千古绝唱的诗词歌赋，孕育了中华文化中神女文化的奇特风景。

于我而言，周末总是美好的。

那天临近中午，从重庆主城自驾去慕名已久的神女峰，傍晚时分，抵达海拔 1000 米以上的神女天路南线著名的仙履台。暮色苍茫间俯瞰，恰逢太阳雨天气，时而冷风嗖嗖，细雨似有若无；时而天开一线，束束阳光游走于大山大水之间。神女峰若隐若现，尽显神秘魅力，玉带般的长江连天接地，铺向无尽的远方。

"曾经沧海难为水，除却巫山不是云。"山川纵横，万壑磅礴，这里是水的源头和云的故乡，眼前变幻莫测的景致，应该就是一千三百多年前大诗人元稹笔下的意境吧？

在如诗如画的巫山云雨中，同行的知名摄影家 C 先生为我们夫妇照了合影。

荼蘼花的春天

迎春端庄秀丽生机盎然
牡丹雍容大气华贵美艳
郁金香幸福传遍山岗原野
薰衣草深情诉说往昔依恋
樱花海棠五彩斑斓绚烂浪漫
桃红李白云蒸霞蔚铺向天边

巴渝大地花事繁盛
奇葩佳卉争奇斗艳
只有荼蘼含苞欲放
平凡不争春
寂寞开最晚
送走所有开花的伙伴
枝梢茂密，香浓花繁
盛装迎接夏天秋天
然后结出红亮的果子
浓缩自己爱的思念

（2018年4月1日于重庆鹅岭公园花卉园）

与几位朋友春游鹅岭公园，赏奇葩佳卉，张开形象思维的翅膀，那相对窄小的花卉展便有了通天接地的盛大场面。

　　春天是属于所有花卉的，我礼赞所有的花卉，更高声礼赞荼蘼花。

　　这种秦岭以南常见的直立或攀缘的开花灌木，与春天开花的其他花儿相比，最大的特点是开花很晚，那白淡有香的花可谓春季最迟开放的小小花朵，花期却长达6至7个月，入秋还会结出红亮的小果子。《红楼梦》中有"开到荼蘼花事了"，说的就是荼蘼花开、春天不再的自然规律。

　　荼蘼花的这一特质让我钦佩让我爱。

　　那些久负盛名、誉满天下的名贵之花，或比它鲜艳，或比它华丽，或比它烂漫，或比它娇媚，但能够做到"花有百日红"吗？不能。

　　而荼蘼花儿能够做到，素淡平凡，沉静柔忍，所有春天里的花儿都谢了，花开还在、花香依然，送走所有的伙伴后，外表柔弱，内心坚强，它独自迎接蓬勃的夏天，走向丰硕的秋天。

　　荼蘼花在那儿，春天和夏天都更加精彩。

　　我把小诗献给荼蘼花，献给如荼蘼花一般平凡坚忍、默默奉献的每一位普通的人。

精神

——贺重庆秀山小乡友李大银于宜昌包揽举重全锦赛77公斤级三块金牌

手握杠铃
挺胸吸气
背收紧
——起势
全场屏息凝神

"哦——"地一声
虎啸龙吟
巴渝男儿豪气干云
扛鼎
一人三金

湘楚夷陵
传诵
辉煌一瞬
十九岁的英俊帅气
温暖边城
清水江般的微笑
纯净沉稳自信

（2018年4月22日）

2018年4月19日至22日，全国男子举重锦标赛在湖北省宜昌市举行。欣闻重庆市秀山籍运动员、我的小乡友李大银在锦标赛上包揽了77公斤级的三块金牌，我感到分外高兴和振奋！

小乡友的家乡就是沈从文小说《边城》中那个叫"洪安"的美丽的地方，他就出生在小说描述的白塔映照的清水江畔，相去一里多地，就是翠翠和爷爷用船渡人过河的那个世外桃源般的渡口。

边城钟灵毓秀、人杰地灵。

当我看到中央电视台播出的画面中，小伙子那么阳光、那么帅气、那么力拔山兮气盖世，看一眼就让人舒服，便想到那句老话，"一方水土养一方人"——那里是秀山丽水，那儿出这样的人才，自然而然，理所当然。

李大银年仅19岁，职业生涯前途无量。

本老乡谨以最美好的心情，祝愿小帅哥稳中求进、心想事成，为秀山、为重庆、为中国赢得更多金牌，争取更大荣光！

云端花园的夜晚（外一首）

来到这里
人会有成仙的感觉
这里离天可真够近哟
站直身子
伸手可摘漫天星月

但不忍心摘这星月
一颗星月
一朵杜鹃
星月是杜鹃的瑰丽诗句
一朵杜鹃
一颗星月
杜鹃是星月的尘世心曲

只想在这里漫步旷野
只想在这里酣畅呼吸
声息相通
花海星光熠熠
心有灵犀
银河鹃香四溢

（2018年7月12日于重庆秀山川河盖）

归来

不知道辽远有多远
云外有云，山外有山
云端花园，住着神仙

不知道浩瀚有多宽
草海碧绿，天池湛蓝
百花争艳，遥挂天边

不知道山泉有多甜
将军岩下，鲁班阅卷
秀山丽水，深谷幽兰

不知道咋就这般梦幻
朱氏传说，凤凰涅槃
一天四季，气象万千

不知道咋会结下奇缘
不见佛殿，不见经幡
一草一木，神圣庄严

不知道咋会仅存一念
浪迹天涯，走遍世界
秀山之子，最爱秀山

有朋友开玩笑说我是全球视野下"世界公民"时代罕见的那类"乡痴"和秀山"乡痴"中的"盖痴"。

我知道朋友所指,我的不少诗是在秀山川河盖写的,且有不少诗写的就是秀山川河盖。

还有朋友开玩笑说我是"秀山形象大使""川河盖诗人""川河盖业余规划师兼营销主办"等等,我有时也会痴痴呆呆地点点头,或傻傻弱弱地笑而不语。

我欣欣然接纳朋友们类似的调侃。

谁不说咱家乡好呢?何况,那里确实足够好,既然确实足够好,咋就不可以实事求是地说一说、夸一夸呢?

为着故乡的稳中求进和高质量发展,我一直坚持做一些说一说、夸一夸的小事,想助推秀山进一步提高知名度和美誉度。当然,做得还远远不够,特别是在少不更事的早些年里。

比较年轻的时候,我比较虚荣和脆弱。为避免被打上"不良地域"的印记,那些年在本人籍贯的问题上,我是能不说尽量不说,不得不说时,自己显得底气不够,有些羞愧和发虚,很尴尬。

在历史上,秀山一度时期留给外界的印象系发配充军之地,是蛮夷杂处、天高皇帝远的"三不管"(1949年前,偏僻的渝湘黔边区的事情,重庆、湖南、贵州的官府能不管尽量都不管,那里形同千百年来被人遗忘的"中国盲肠"),是"养儿不用教、酉(阳)秀(山)黔(江)彭(水)走一遭",苦甲天下、民不聊生的域外处所。自己在那里长大,后来到外面读书，再以后，走了一些路，经了一些事，识了一些人，逐渐学会横向、纵向多维度分析比较各问题，这才越来越清晰地看见，我亲爱的故乡真还不是江湖上传说的那般险恶和横蛮呢。

历史是一面镜子，看得清过往，看得清现在，如果眼神足够好，透过它还可以看得清楚未来。

秀山始设县治是1736年，虽比美利坚合众国建国早了40年，但在我国两千多个区县中，确属是太年轻啦。

但它事实上的开发史是远远早于其建县史的。

先秦时期，现在的湖南省"四大名镇"之一的里耶镇即与重庆市秀山县的石堤镇同属一个行政区域，那里前些年发现的声名远播的秦代简牍，被普遍认为是继秦始皇兵马俑之后的秦代考古的最重大发现。撇开行政区划流变不表，单看这两千多年前共同的历史文化渊源，我们就不难理解，一旦彻底消除了兵燹匪患，一旦经济社会发展步入正轨和常态，秀山高级中学为什么能够做到考上清华北大的学生常年保持在7名以上、重点本科常年保持在1200名以上；秀山为什么能够成为全国最早的"国字号"商品粮基地县和文化先进县、优育先进县、文化生态保护实验区、民族花灯歌舞之乡、最佳生态保护城市、农业农村信息化示范基地、农村电商产业发展示范基地、民族团结进步示范县；秀山为什么能够获得"中国最具投资潜力中小城市百强县市""中国最具区域带动力中小城市百强县市"等荣誉。

由此我想到，秀山"小成都"的雅称真还不是浪得虚名呢。

全域幅员 2450 平方公里，沃野平畴约占三分之一，这不仅在重庆 38 个区县内，就是在全国 2850 多个区县范围内作比较，其自然地理禀赋真的不算差啊！而且，如今的重庆渝东南各区县中，经济规模最大、综合实力最强的就是秀山。

由此我还想到我的好友、秀山县领导 Z 先生和一位文史专家告诉我的真实故事。1933 年，当时的国民党中央政府制定建设青江省加强川、鄂、湘、黔四省边区发展规划，拟定的省会城市就是秀山，要不是其后日本帝国主义的大举入侵，秀山在现代和当代的历史表现，大概率应当改写。

当今的重庆直辖市高度重视秀山发展，正帮助它作城市发展建设规划，将建设 50 万以上人口的城市，努力成为渝东南及渝、湘、黔、鄂四省市边区的经济社会高质量发展中心。一个历史文化有渊源，经济发展有根基，干部群众有静气、有定力、有担当的地方，谁会怀疑它的底蕴、抱负、潜质和更加美好的未来呢？

秀山之子，最爱秀山。

我为秀山歌唱，可以在洪安边城，可以在花灯广场，可以在百年西街，可以在凤凰公园，可以在大溪平湖，可以在龙凤花海……但我更愿意选择在川河盖——那几近 360 度千米峭壁拱卫着的 28 平方公里高山平原，阳刚俊朗，辽阔敞亮，在那里歌唱，声非加疾也而闻者彰，我乐于在那里为故乡、为秀山而放声歌唱！

远方

昨夜,重庆大道
解放碑到朝天门
一路沉醉
一路轻吟
水晶连廊上眺望
看见啦
半轮秋月的真情
曾经沧海的脚印
杨柳青青的倩影
巫山云雨的眼神
已经幻化成
朝天扬起的风帆
出发了
昂首远航
两江四岸踏上征程
繁花似锦
大海星辰

(2019年8月24日于朝天门广场)

渝中半岛是重庆母城。大美重庆，源起渝中。

说起重庆3000年文化，一般的表述是巴渝文化、革命文化、抗战文化、统战文化、移民文化等等，其实，它还有璀璨瑰丽、魅力独具的诗歌文化渊源。

这首小诗提及李白最早的写月诗《峨眉山月歌》，提及元稹的《离思五首》其四中的"曾经沧海难为水，除却巫山不是云"，提及刘禹锡的《竹枝词》其一中的"杨柳青青江水平，闻郎江上唱歌声。东边日出西边雨，道是无晴却有晴"。

好友X先生发来了他几天前为上海《华建筑》杂志写的两万多字的长文，结尾处是这样的：

近年，在重庆长江、嘉陵江交汇的朝天门，耸立起了一组高楼——即将完工启用的来福士广场。尽管这组建筑的庞大体量和原有城市记忆的巨大反差使其饱受争议，但毫无疑问，它必将很快成为这座城市的新地标。我相信并祝愿，那似风帆般蓄势待发、昂首启航的姿态，一定会承载起重庆人关于山与城未来的梦想，驶向新的远方！

没有商量过，彼此却想到了一起。确实，没必要过多争论，一个历史文化悠久、大山大水的好地方，其发展是不可能因为一栋建筑的得失而改变风格和方向的；相反，城市建筑可能因此而更好地实现多样性与独特性的统一，城市开放也可能因此而更显包容，更具内陆开放高地的大气。

所以，我对朝天门广场上那据说比规划时增加了20万方体量的新加坡来福士综合体建筑的最终落成，在总体上是持认可甚至欢迎态度的——已然如是，何难接受？拉开一定的历史视距，就像我们现在看它拉开一定的空间距离一样，它于我们这座宏伟的城市而言，说不准会成为历史性的新地标呢。给出一点时间，其毁誉得失，今后会看得更清楚的。

北京的P先生，则是按照他的逻辑，一如既往回赠了一首小诗：诗中有心/心旷神怡/诗中有心/心心相印/诗中有心/心驰神往/诗中有心/心中有诗。

北京的Y先生发来的是两段《夜读悟语》：

富不挥霍，贵不欺人。一切吉祥从善业生，一切凶祸从恶业起。审时度势，有的时候，规则需要打破，不破不立；有的时候，规则需要遵守，不守则乱。世界是不真实的，你难以看到真相，人也是不真实的，你很难透过面孔直视其心。人性最大的恶，是见不得别人好。

出言有尺，嬉闹有度，做事有余，说话有德。聪明在于脑，智慧在于心。凡是经历，皆为馈赠。逢人不必言深，孤独本是常态。随缘两层含义，一是缘来不拒，该尽的责任义务，要坦然面对，不逃避，不对立；二是缘去不留，凡事都尽力去做，把得失看淡，不执着，不抱怨。祝福写诗人吉祥。

X、P、Y三位先生都曾是中国名校的高才生，经若干风雨历练后，三位在单位里都堪称"大拿"级人物。不要说他们的专业了，就是这诗文和诗论，他们都是我钦佩的良师益友。我为拥有同三位老友持续不断的友谊而自豪！

星月湖

蒙娜丽莎微笑的神秘
桃花潭水汪伦的情谊
边城翠翠眸子的纯净
一把菜籽净爽的喜悦
微凉天气
薄雾轻起
乡愁融入一湾碧绿
随风荡漾
回忆，沉静亲切
思念，温暖踏实
淡淡浅秋
平和　清简　美丽

（2019年8月30日清晨凤凰山北麓初识）

　　星月湖位于秀山城东边郁郁葱葱的凤凰山公园北麓，是地方政府两年前巧妙利用20世纪六七十年代毛泽东号召"农业学大寨"时修建的一口山坪塘改建成的人工湖。

　　小诗的头四句是用典。第一句，写的是达·芬奇的油画《蒙娜丽莎的微笑》。那微笑典雅、恬静，像极了星月湖水。

第二句，写的是李白的七言绝句《赠汪伦》，"桃花潭水深千尺，不及汪伦送我情"。诗人乘船离去的时候，那一汪潭水和汪伦的深情，像极了星月湖水。

第三句，写的是沈从文小说《边城》中的翠翠。她的天真无邪、自然善良和情窦初开，像极了星月湖水。

第四句，写的是由上海交响乐团演奏的轻音乐名曲、秀山花灯调《一把菜籽》。那纯净、甜美、喜庆的旋律，像极了星月湖水。

星月湖，心中的湖，是家乡的味道，特别美。

我们重庆市最好的国画画家之一L先生发来微信，表扬诗作画意浓郁，并通报说其画作入选了全国第十三届美展。向L先生谨表衷心的祝贺和祝福！

军旅诗人出身的Z先生答《星月湖》写了小诗《胃谓为》：

昨夜招商浓醉／今晨吟诗清肺／皆知山水怡情／何如你我贪杯／足胃／何谓／愿为。

足胃？何谓？愿为！

喝醉了哪里只是为了填饱肠胃呢？太小看人了吧；喝醉了有什么意义呢？可喝酒人就是这样，酒逢知己千杯少，有时候就是心甘情愿图一个一醉方休。

喝过酒吗？喝过。醉过吗？醉过。醉了好受吗？难受。所以，愿与Z君共勉：陈酿虽好，可不要贪杯哟！

武陵山的雪
——刹那间的记录

期盼相遇
竟成真实
包茂高速的大青桥上
纷纷雪花
朵朵惊喜

服务区
停车,开灯
看它翩然而至
看它风中摇曳

明了多少混浊
才会有如此纯洁
洞悉多少庸俗
才会有如此雅致
破灭多少怅望
才会有如此惬意
历经多少炼狱

才会有如此超逸
初雪松枝
我心恬适
昂首　张嘴　伸臂
片片雪花
融入血脉
今夜
我是一朵
武陵山的雪

（2019年12月21日）

　　这是一个飘着小雨的寒郁周末。下班后，我和夫人驾车沿渝湘高速踏上回故乡之路。

　　天冷。我们讨论说，如果运气足够好，沿途海拔较高处，可能邂逅下雪。那样的话就太好了，我们已好多年没看见下雪了。但彼此明白，重庆的初冬，看雪几乎是不可能的奢望。

　　哎，奇迹发生了。

　　行至黔江境内，黑夜里，发现洒在玻璃上的雨点变得松软起来，也没了细微的声响。再细看，哟，真的下雪了，看不见的空中飘来一点一点、很轻很轻的小雪花！

　　约五分钟，小雪花便没了踪影，飘落的又是巴渝山区这个季节那种忧郁的绵绵冻雨，好兴致跟着雪花消逝了。

算啦，闷头开车吧，可心底还是盼望这沉沉黑夜还能见到旷野飞雪。

真是天遂人愿，奇迹再次出现了。

行至酉阳境内海拔较高路段，夜空中再次飘起了雪花。此时，车外气温是1摄氏度。我担心只赶路不赏景，一会儿后它将再次消逝，便直接把车开进了酉阳服务区，选一僻静处停稳，开了车灯，细看那纤细的雪花在光柱中曼妙轻舞。过了一会，觉得还不过瘾，索性下车走向车头，用手去捧那雪花，看它触手融化；用脸去亲那雪花，飕凉的感觉让我感到格外亲切，瞬间激活了自己被城市钢筋混凝土森林板结了的情感，唤醒的都是家乡冬季的那些风土人物和温暖亲情。

酉阳到秀山，过去要走一天，现在只需约半个小时。就要到家啦，那一刻，我只想做一朵雪花，融入故乡深情的土地，祈求她有一个更加祥瑞的新年。

故乡的雪

——老家的朋友说,川河盖下雪啦

有点儿冰凉
还是那般纯良
六角形的洁白
骨子里还是水的模样
只是
多了羽毛的轻盈
还有羽毛才懂的想象
今夜梦乡
我会生出
同样洁白的翅膀
自由飞翔
在那白雪覆盖的云端花园
在那神仙居住的地方

(2020年12月12日)

一位获过鲁迅文学奖的诗人说：这是一首与雪一样有洁白品质的诗！

同事 Y 女士说：一字一句皆心流，遥想家乡的雪，如闻笔墨纸香，心乃安。有念的心，不寒；有你的冬，很暖。

老同学 W 先生说：喜欢这首诗的清新脱俗。故乡的雪，恰如宋诗所言，有梅无雪不精神，有雪无诗俗了人。自然界的精灵，洁白、飘逸、轻盈，弥漫在你的呼吸中，泅染在你的生命中，那就是川河盖的雪。

W 女士说：记不清这是第几次分享你关于家乡川河盖的诗词了，每次都是在你的笔下领略她的美，对我来说她已是陌生又熟悉的好地方。

另一位 W 美女说：思念是透明的翅膀，带我飞回羽毛般的故乡。

同事 W 先生说：川河盖，魂牵梦绕的地方；清幽幽的水，长出翅膀漫天翱翔。故乡在心里，我在梦里。有此图景在心中，人无法不善良，梦无法不透明。

另一位 W 先生说：洁白与纯良，就是作者的模样，梦里思乡，梦中飞翔。

L 先生说：和大自然一起养生，和善良人一起养德，和快乐人一起养颜，和正能量的人一起终身受益，和刚哥通过微信在一起幸福而快乐！

两江新区的 Y 女士说：前天远远地看到了你，还是那么神采奕奕、青春逼人。人如其诗，诗如其人，妙哉妙哉！

我这人真是没救，明明知道这些美女和帅哥说的话是在满足我的虚荣心,可看了就是感到舒服,心里甜滋滋、暖洋洋的。说什么呢?我真是由衷地感谢他们啊!

美女Y女士说:觉得这首诗谱上曲应该是一首很美的歌。我回答说那您派一个人谱上曲吧。她说难度有些大。我说那就不谱了。她说要去请教一下音乐老师。我说千万莫勉强哈,折磨人家会挨骂的,我胆小,怕挨骂。她说她决定还是要去找朋友试一试。我说那是你的事,反正挨骂时我不会在现场。她说咋可能会挨骂啊?我说诗不咋的,完全可能挨骂。然后,我发去憨厚熊猫翻跟斗的表情包。

朋友间保持良好关系,周末的轻松和愉快很重要。

Z先生发来一首即兴诗《咏雪》,写得很好:

片片随风整复斜,飘来老鬓觉添华。

东渝不夜月千里,南山无私玉万家。

前村隆冬飞柳絮,后店破晓压梅花。

羔羊金帐应粗俗,自掬冰泉煮石茶。

北京的Y先生发来了一段他的朋友关于人生和诗词的精彩感言:人活一世,既有无忧无虑的童年,也有热血激昂的青春;既有奔波忙碌的中年,也有闲适清静的暮年。这其中滋味,只有自己亲身经历,才能深刻体会到。莫为前路忧,莫为人生愁。得意也好,失意也罢,孤独也好,忧愁也罢,人间百味,终须历遍。人生如一场修行,得意时,一日看尽长安花;艰难时,潦倒新停浊酒杯。但生命的跋涉不能回头,哪怕畏途巉岩不可攀,也要会当凌绝顶;哪怕无人会登临意,也要猛志固常在。诗词,是闪耀着华夏文明光芒的独特符号。

一代又一代的文人墨客将中国精神与文明传承寄托在诗词之中。从经典中，汲取九万里风鹏正举的力量；历练也无风雨也无晴的豁然，待到重阳日，还来就菊花。

北京的 X 先生说：家乡美！我正上班呢，一天不歇。

我向他致敬，并发去自己认为是近日来能收到的关于川河盖雪景最美的一分钟视频，他看后说：这么漂亮？美！我告诉他说实际的更美呢。我在吊他的胃口，知道他是大忙人，说得再美，他在可预期的两三年内不可能前往观赏。同时，我也向他通报自己快出书啦。他说应该的，自己高兴就行了。

这话是什么意思？好像是不带脏字骂人呢。但想着这位青年才俊的睿智和幽默，我便把他的话当成对我的真切关怀和挖苦式鼓励，又幽默地回了一个夸张的表情——一只手捂着笑容灿烂的脸，那只手的五个指头上，戴满了或黄金或玛瑙的大戒指。

S 先生说：刚哥好！上月去过川河盖了，确实不错，建好后是一个神仙居住的地方，但我知道，过去它可是"神仙"与贫困户共同居住的地方。

这位仁兄太了解农村农业农民了，如今大山大水风景极好处，倒退若干年一定是穷山恶水的赤贫之境。这些年来，农村发生的巨大变化，让常跑基层的他感触很深，白云深处的人家正在实现神仙般的诗意栖居，这是中国乡村振兴的大方向、大逻辑。

琴棋书画造诣颇深的美女 W 女士称赞小诗写得不错。我则给她回了一段微信：一早欣赏毛先生亲录拙作《夹马水》

的书法作品，感受到它撼人心魄的美，示弱斋陋室将因之而具高端大气上档次的初步品相，非常感谢毛先生，非常感谢您！只是有一点瑕疵，好像"细节"的"节"写掉了。请指示，是我来取了原件请毛先生加上，还是由您添上一字，让我在一幅作品里同时拥有您和毛先生联袂创作的作品？您看咋办好？听您的！

　　她很快回复我，说毛老师已发现并补正了，并发了图片与我。我感到高兴和振奋，示弱斋将迎来著名书法家毛峰先生的作品，而且他笔书录的是其直接选定的示弱斋主小诗《夹马水》。

　　毛先生在诗书画印文诸领域均有突出建树，以书法论，其实践和理论研究堪称大家。在汉简书坛方面，他被国内书法界誉为"一枝独秀"的"最先得道者"。能够拥有一幅毛先生典雅高贵、灵妙奇崛的书法作品，我的书房平添光彩！

　　此时，2020年12月13日22时15分，W女士来微信，说是应我的请求，毛先生为本书题写了书名，刚才发给了她，她马上转发给我。

　　今天很高兴。衷心感谢毛峰先生，衷心感谢他的弟子、我的好友W女士！

希望
——朝天门广场来福士空中水晶连廊

三千栋摩天楼垂直向上
唯有你
在摩天楼顶端
横向生长
凌空飞翔
三千行诗句
从此有了诗眼和芬芳
三千根桅杆
从此有了风帆和向往

嘉陵清亮
长江浑黄
朝向星辰大海
世界听见了
半岛起锚的声响
两江四岸的巨轮
正史诗般启航

（2020年6月6日）

中国和新加坡在重庆渝中半岛有一系列自贸区合作项目，朝天门广场上的来福士综合体建设是其中之一，来福士水晶连廊犹如来福士的点睛之笔。

它横跨在离地面250米高处的4栋等高摩天大楼的顶端，长300米，宽32.5米，高26.5米，面积1万平米。漫步于凌空环道，270度宽视域俯瞰长江和嘉陵江汇流的壮阔，以及两江四岸的美景，无论是白天还是晚上，每一位游客都自然会生发出一种壮豪的感慨和情怀。

看了这首诗，有朋友旗帜鲜明地说：不喜欢来福士压住了重庆的"龙头"，它是全国十大最丑陋建筑之一。也有人说得委婉而幽默：你的诗把它描绘得那么美，看了也只好接受啦。但更多的朋友给予了理性的评说和热情的讴歌。

X先生是城市规划设计专家。他说："面对各种带着情绪贬低来福士广场项目的浅薄观点，这首诗是一种正名。事实上，不论人们喜欢或不喜欢，这个项目终会成为重庆最具国际影响力的新地标。"

不想卷入关于这座建筑的是非之争，但我内心拥护X先生的观点。宽厚包容，应是我们这座城市该有的气度。事实上，随着两江四岸规划建设一步步落地，随着解放碑至朝天门步行大道（作者建议解放碑至朝天门的大道，最好直接取名为"重庆大道"）的全面提档升级，它在级差地租理论应用背景下的巨大价值，必将与时俱进倍增。

同事T先生说，他读这首诗时，想起了我去年的那首《朝天门》："有的门看似有门／其实只是一道风景／有的门看似无门／其实门中有门／有的门看似雄浑／其实纤细沉闷／有的门看似好进／其实永无可能／只有你／门朝天开／海纳百川／像极了我们／英雄之城的胸襟／沉雄坦荡／堂堂正正／夹马水静静流淌／两江环绕／深爱无声。"他说，这两首诗，"一个从远方望朝天门，一个从朝天门望远方，不同的视角，一样的胸襟！"

我禁不住在心里感叹一句：知我诗者，青年才俊 T 先生也。

与有时显得忧心忡忡的表情相反，我实际上属于生性较为乐观的那类人，喜欢正能量，也喜欢传递正能量。所以，我也同意 H 女士的表扬："什么建筑物、植物，在你的诗里都是那么的美、那么的阳光，妥妥的正能量、满满的正能量、爆棚的正能量！"

一座建筑综合体，它会那么蛮横地破坏掉重庆的"龙头""风水"？这不可能，而且，我也相信，那些国际一流的设计大师也不可能都是浪得虚名的。

我们这座城市文化界的精英管理者 Z 先生说："看了您的很多诗，立意高远，词句精美，意味深长，叹服！建议：仁兄既来自民间，当有更多烟火味为宜，民生为首、为大、为重，我等首务！盼传世佳作一二首！"

这位仁兄是武汉大学读书做学问出来的正儿八经的哲学博士，也不知道他老兄给我发微信时是否已小酌二两，但他的话确实带有一些意味深长的哲学味道和对于我的不太切合实际的过高期许。我一时半会没有找到恰当的回复内容，只好先回上一句我通常爱说的那句话："谢谢鼓励，我一定好好工作！"

终于

——致敬渝中半岛清淤一线的同志

洪灾百年一遇
淤泥史无前例
半岛无眠
八天八夜
终于
连板结百年的淤泥
都戳穿了老底
污浊的重归净洁
模糊的空前清晰
杂乱无章
从此井然有序
太阳底下
山水之城,美丽之地
光彩熠熠

多少人没日没夜
多少人精疲力竭
多少人呕心沥血
多少人殚精竭虑

调成静音

深耕自己

巴渝人无须统计

来福士正重现生机

洪崖洞已游人如织

还有解放碑 T 型台上

名模睥睨世界的气质

共同诉说

英雄之城的

平凡故事

（2020 年 8 月 28 日）

  H 女士说：情感饱满，很有现场感，写出了重庆人的精气神！

  饱含着对日夜奋战在清淤消杀一线的成千上万名工人、农民工、公务员和军警及各方面人士的深深敬意，我写下了这首诗，目的是歌颂他们和这座城市的奉献精神。

  仅以渝中区所在的渝中半岛 20 平方公里陆域面积为例，8 月 20 日以后的 8 天 8 夜，其清淤出动 36977 人次、车辆 3795 台次，清淤里程 45.09 公里，清淤面积 147.65 万平方米；消杀面积 223.43 万平方米，派出医疗防疫队 88 支，抗洪清淤做到了零伤亡、零疫情。数据枯燥，但放在任何专业人士面前，这都是一份极亮丽的成绩单啊。

该怎样评说这些平凡的英雄呢？

北京的 X 先生说：人这一生能力有限，但努力无限，努力做一个善良的人，做一个心态阳光的人，做一个积极向上的人，用正能量激发自己，也感染身边的朋友，世界会因你而精彩；我们应该记住三句话：看人长处，帮人难处，记人好处！

他说得深透，我完全认同。

那些平凡英雄敢于和善于同自然灾难作斗争的做法和经验，也有力地鼓舞了疫情下稳健复工复产复校的人们，极大地振奋了各行各业奋发向上的精气神。个体的能力确实是有限的，但集体的能力和智慧是无限的；善良的人传播的当然是善良，阳光的人传播的一定是阳光；帮人所需的人应当被我们铭记，我们也应当效法其行为，弘扬其传承，这是记人好处的最好办法。

一位同事在微信中转述一位著名作家的话给我：一个人只有今生今世是不够的，还应当有诗意的世界。

劳动创造世界，劳动充满诗意。每一位辛勤付出的劳动者在拥有今生今世的同时，也终将拥有属于自己的诗意世界。

似水流年

　　来到这个缤纷的世界,注定会被时光之手推动着旋转。我们围绕太阳旋转,月亮围绕我们旋转,如花美眷,逝者如斯,记住了刹那间的纯朴,记不住红尘的浮华万千。白驹过隙,点滴温暖,杏林彩蝶翩跹的季节,总有白月光般的遇见。平凡的日子里,并不是一切都是镜花水月、往事如烟

梦境
——示弱斋往事存句

大门紧锁
很沉
院落幽深
很静
有些憋闷
得出去看看风景

拎着那串古老的钥匙
走遍后院前庭
那个管进管出的锁孔呢
搜寻
从早晨直至黄昏

此时,大门轻启
传来一个稚童的声音
——爷爷
进出院门
不用钥匙,用指纹
也可以刷脸
感应

(2020年9月6日)

这首小诗的有趣把朋友们逗乐了。

——有的认为它结构好，构思巧。

X先生说：一首小诗能如此大幅度地跳转跨越，让我猜到了开始，却没有猜到结局。W女士说：诗的最后一节"太反转"，结局完全出乎我的意料！W先生说：选择梦作为旧和新的桥梁，历史和现代的沟通，乡愁与科技的融合，巧思！T先生说：梦境和现实的碰撞，守旧和创新的对垒。Z先生说：诗意好浓，有跨越时空的感觉。

——有的认为它意蕴颇深，哲思益智。

L女士说：锁孔消失了，往事却未曾被尘封。L先生说：每个人心中都住着一个孩子。M先生说：想起了庄周梦蝶的故事。M先生说：必须向您的清醒、智慧与良知致敬！

T先生说：好诗啊，可读来不免有些感伤。清晨出来逛，犹如少年狂。黄昏蓦然回首，已是两鬓染霜。手中尚有记忆的钥匙，可时代已不是从前。光阴荏苒，不知不觉老之将至矣！

Y女士说：人这一辈子，注定是一趟孤独的旅程，赤条条来，赤条条去。值得庆幸的是，一路上因为有些人的出现，我们始终感到温暖。有些人陪我们一程，有些人陪我们一生。有些人惊艳了时光，有些人温柔了岁月。感谢这些人的出现，温暖了我们的人生。此后经年，愿你三冬暖，愿你春不寒，亲人在侧，好友相伴，永远有良人相伴。

——有的认为它童趣感人，轻松幽默。

一位年届八旬的老首长说：哈哈，好诗呀！朋友J先生说：我好像看到了自己小时候的那些斑驳的墙壁了——哈哈，一个刷脸感应后，我又被拉回来啦！同事 C 先生说：有《盗梦空间》导演诺兰电影里的场景感。

C 女士说：静谧温馨，让人放松又快慰。C 先生说：心思别致，有爱有趣；欣然盎然，乐在其中。D 女士说：你是与时俱进的、幸福的、年轻的"爷爷"！W 先生则说：我们心门常开，心灵密码契合，不用钥匙！X 女士说：不知为何，这首诗让我想起木心先生的《从前慢》，"从前的锁也好看，钥匙精美有样子"，或许是这份闲适；"大家诚诚恳恳，说一句是一句"，或许是这份诚实与淳朴，让两首诗产生共鸣之处！W 女士说：真是个好梦，温馨又有趣。

乡友 L 小姐说：呵呵，末尾处的"爷爷"突如其来，到这个辈分了么？印象中还好年轻哦。新旧更替似乎是阻挡不了的自然规律，但古老的"老物件"也有其不可替代的核心价值，玩秀山博胡牌游戏天底下只能用算盘计算，计算器以及计算机肯定算不明白，哈哈！

有趣啊！同样有趣的，是美国的 P 先生"出口转内销"，发来一则只有在充分开放的市场经济条件下才可能产生的创新类中国式段子：

隔壁老王这几天思考了很多，炒股也没什么前途，计划收购 200 个公共厕所，谋求科创板上市，基本思路是这样的，路演一下：

公共厕所本身就是共享概念，处理大小便，就有了环保概念；检验大小便，又有了医疗大健康的概念；加个 WiFi，开通 APP 找公厕功能，又有了互联网概念；每次冲水量精确到毫升，就是边缘计算；再装个自动门，就是工业4.0；屋顶加个光伏，就是新能源；粪池用作沼气发电，就是清洁能源；搞个自动感应冲水，就是机器人；搞个刷卡收费，就是大金融；墙上贴几个广告，又有了新媒体；门口坐俩要饭的，就是P2P众筹；门口再种蔬菜，就是大农业；对军人免费，军民整合概念也有了。

这么牛B的IPO，开盘肯定翻上几十倍。等开板了，蹲坑换马桶，用日本马桶盖，资产注入重组，又有好几十倍涨幅……

中国人缺少幽默感吗？

正当我捧读P先生信息哑然失笑时，同事P女士告知我，由中国书协会员、秀山书法家P先生书写的我的抗疫情系列诗中的《致逆行者》和《兄弟》两首，档案馆决定待其在王琦美术馆参展后永久馆藏。

那几个月，我创作的每一首抗疫诗，家乡的书法家P先生都主动抄录成书法作品，拍照后发给我，我为此而十分感动。

顺便交代几句，中共重庆市委大门正对面的王琦美术馆，是以中国现当代著名版画家王琦先生的名字命名的。王琦是新中国美术事业特别是版画事业的先驱之一，也是新中国版画界的领军人物。其父当年"一把油纸伞"出秀山、闯世界，那里的乡亲们至今以他们家族为荣耀。两年前，出版《黄葛树下》，其大儿子中国书画家协会主席王炜为我题写了"张刚诗集"；三年前，我还曾陪同其小儿子（前中国《美术》杂志主编，现中国美协美术理论家）王仲先生夫妇回秀山寻访凭吊呢。

我为我们秀山能走出这样杰出的家族而备感荣耀！

月光

孩提时看你
你是童稚的清亮
少儿时看你
你是飞天的梦想
青年时看你
你是激情的奔放
如今再看你
你是秋水的模样

生命是一条河流
人是生命的河床
总想挣脱飞翔
终归在你身旁
爱人所爱
想人所想
你彻照每一寸河段
纤尘不染
温暖吉祥

(2019年9月13日夜于渝中半岛印制二厂赏月)

印制二厂，抗日战争时期国民政府的中央印钞厂。

它位于重庆母城渝中区的鹅岭公园与二战期间赫赫有名的史迪威将军旧址之间。几经流变，修旧如旧，如今它改建成了前沿时尚、颇有品位的文旅网红景点。几年前，随着一部由一位在渝中区出生长大的知名导演拍摄的电影《从你的全世界路过》的广为播映，其知名度、美誉度得到了进一步提高，市外来客一般都会来此地打卡，人气指数经久不衰。

中秋之夜，我们一家人也去蹭热点凑热闹，选取一高朗处，俯瞰长江，仰望月华，想到今月曾经照古人、古人不曾见今月，想到人对月的信仰和依赖，月对人的洞悉和抚慰，我们除了致谢和感恩外还能对月亮说些什么呢？

于是，当晚，我便胡诌了那么几句，算是向中秋之月和月光普照下的朋友们的问候。

一位德高望重的老领导向我问候：张刚中秋安好！谢谢你"每周一歌"给我带来的愉悦！

这位饱学君子是一位正部级领导，他让我提供自己所有作品给他看，弄得我很是惭愧，能力弱、水平低，自己写得太少啊。极为可贵的是，他看了我近两年来的习作，会时不时地提出修改完善的意见，有时兴之所至，他还会作一些诗评和说一说他的诗论观点，对我的写作方向和重点提建议，令我由衷敬佩。这次结集出版的诗作中，有6篇是采纳他的建议修改后定稿的。

因为曾多次受益于多位领导同志的教诲，我近日常常想到一位作家朋友的话：一般意义上讲，如果本人愿意，相当部分的高中级公务员完全可能成为优秀的作家、诗人、策划人。

我坚信这个说法。我国古代是鲜有所谓专业作家专业诗人的，那些家喻户晓的大家，其职业身份大多是那个时代的公职人员，因为公职身份，他们的经历才那么广、阅历才那么深、人生体验和社会观察才那么透彻，写出来的文字才容易在人们的心里扎下根来，作品自然就会流芳百世。苏轼即是一个范例，他病逝前两个月作《自题金山画像》，最后两句是"问汝平生功业，黄州惠州儋州"。"三州"的经历阅历成就了他的文学"功业"，确定了他在中国文学史上的高峰地位。

我刚参加工作时的老领导 L 先生，也发来了他老人家精彩的诗论，令我感奋。

这位 85 岁的老先生 1959 年从四川大学中文系毕业，读大学时是该校诗改小组成员，对新诗研究颇深。

他告诉我说，前几天他收到了我托人送去的诗集《黄葛树下》，花了几天时间看完，感觉写得不错，但需改进。

一是诗要有有我之境，也要有无我之境，部分诗作在这方面有差距，应按照王国维《人间词话》的标准作精进；二是现代诗还是要讲究音韵才好，这方面须加强；三是要分清到底是黄葛树还是黄桷树。他认为应该是"桷"才对，"桷"是重庆和四川一带的土音，独有的树种，葛是草，桷才是树。他建议我去买四川大学几位学者亦是他当年同窗编写的《四川方言辞典》，一看就明白了。

浸润在良师益友们的关心帮助下,我的感动常常无以言衷。

引用一位小乡友 L 先生的话来表达心情吧:

生命之河,流水月光,纤尘不染,温暖芬芳……

巴山夜雨

——示弱斋读李商隐《夜雨寄北》

沥沥切切
淅淅嘈嘈
二十八字
古今律绝
李君安在
诗像这雨
雨像这诗

回环往复
悱恻缠绵
隽永含蓄
深婉真挚
渝水潇潇
诗像这雨
雨像这诗

剪烛夜话
心曲何寄

人生羁旅
敢问归期
今夕何夕
诗像这雨
雨像这诗

想告别
佛图关不忍离去
想靠近
夹马水深邃迷离
何取何舍
诗像这雨
雨像这诗

细雨霏霏
悄无声息
最深情的狂欢
孤独是开始和结局
千年一叹
诗像这雨
雨像这诗

（2018年5月11日）

"君问归期未有期,巴山夜雨涨秋池。何当共剪西窗烛,却话巴山夜雨时。"

没有考证过,但直觉告诉我,"巴山夜雨"这个地理物象知识词组,应该是一千年前晚唐诗人李商隐的发明;留点余地讲,至少可以肯定地说,这首诗优美意境的独特美,有力地强化了千百年来人们对"巴山夜雨"的人文记忆。

诗像这雨,雨像这诗。今夜,我书房窗外的雨,可曾是李商隐当年郁郁不得志羁旅渝州写诗的那个晚上的雨?我想应该是的,他不曾看见今日的巴山夜雨,但千百年来不曾改变的巴山夜雨在那个潮湿的夜晚一定牵动过诗人无尽的愁绪,进而触发了他写下这千古名篇的灵感。

古往今来,关于这首登峰造极的七言绝句的赏析文章多如牛毛,于我而言,它最感动人心的是两点。

一是深情。巴山夜雨的意象中,羁旅之愁、思归之苦、期盼之美、憧憬之乐,真挚绵密、细腻深切、回旋往复,诗像这雨,雨像这诗,诗和雨融会贯通,那是诗人对家人、对挚友的深永之情。

二是亲切。这首传世之作据说诞生于今天的渝中半岛佛图关公园,那里是巴渝大地古往今来一夫当关、万夫莫开的制高点。遥想当年,还原场景,神奇的夜雨寺下,灵性的夜雨石旁,当李商隐于暮色苍茫中俯瞰依稀可见的长江、嘉陵江交汇处,两条大江泾渭分明又相互缠绕形成的夹马水奇观时,大诗人卓越的才情和天才的敏感一定强烈感受到了大山、大水、大自然的指引和开悟,于是,他一气呵成写下了这首与其晦涩诗风完全相悖的经典之作,质朴真切,深婉隽永,流芳百世。

命运多舛的李商隐是不幸的,一生钟情于仕途,却一生阴差阳错郁郁不得志,写下这首诗后不几年便撒手人寰。

李商隐又是何其有幸,他人生的厚度和生命的质地,顺着这首小诗的韵律得以百年、千年地不断绵延。

这诗像雨,这雨像诗。李商隐正从一千年前的那个雨夜走向下一个一千年的每一天,陪伴他的,是永远属于他、属于重庆大地、属于炎黄子孙的巴山夜雨那独特而美丽的意象。

写诗

当忙碌中就要忘记自己
冥冥中
我便会与你相遇

不为维特式纠结
不为声名鹊起
也不为宏大的叙事
似水流年
它们已随风飘逝

焚香
沐浴
更衣
回归纯粹
秋光般澄澈
朗月般皎洁
见你
内心丰盈而静谧
今夜
如此美丽

白昼的谜题
就要给出谜底

（2019年8月17日于渝中半岛管家巷9号）

　　江苏人 W 先生说：您可以去某某新诗研究所当客座教授了。

　　我答：他们可能不要我。

　　他又说：那干脆去带几个新诗所的研究生吧。

　　我再答：我可能不要他们。

　　与 W 先生开着玩笑闲聊之际，另外一位正驾车行驶在川西高原上的朋友 W 先生的微信来了：自驾游于西昌邛海，内心丰盈而静谧，今夜是如此美丽！

　　可以想象，能够偷得浮生几日闲，这位在特殊战线上阅历丰富、练达持重的老兄，他的自驾游会是多么的惬意。

　　北京的 H 先生，是当年带领我们去德国考察学习时的主要负责人。他发来一首小诗：海阔云山渺 / 天涯接海角 / 遥望南山寺 / 红霞照正好。

　　H 先生大概是在海南三亚出公差，心情很不错。前段时间，他与其好友、一位著名作曲家合作写了一首小众化的歌曲，很美，很暖心。近日，他还鼓励我着眼于纪念建党100周年写一首歌词，他争取推荐作曲家谱曲。我由衷感谢他，可没敢答应，因为我从未写过歌词。

成都那位才华横溢的诗人 C 先生，发来的是一首幽默风趣的词《误佳期·娶了诗词赋》：搜句寻章无数/颂遍秦齐越楚/总把美女比新辞/仄仄平平苦。　忽见短双鬟/方晓春情误/佳人如水向江流/娶了诗词赋。

这位老兄先前是国家大报驻成都的记者，来了就不想离开了，落地成都自己干了起来，开公司找钱和写诗作词两手抓，是那种为伊消得人憔悴、衣带渐宽终不悔的主。娶得美人归，还要娶了诗词歌赋，他老兄忙得过来吗？

改天若见面，我还会开他玩笑的：好兄弟，钱找多少才算够？诗写多少才到头？健康才是那个"1"，其他都是"0"，悠着点哈！

少年
―― 世界问候日示弱斋忆往如旧

那是我的少年
我青春的容颜
晨光中带着露水的花瓣
大海上远航的那片白帆

不施粉黛的素面朝天
洗尽浓艳的淡
不作矫饰的天真烂漫
隔绝繁复的简
还有超拔世俗的庄严
毫无功利的温软
还有所向披靡的争先
舍我其谁的果敢

那是我的少年
少年时最美的容颜
呵笔寻诗
拥抱往昔
拥抱未来的春天

（2020年11月21日）

这首小诗原来的标题是"遇见",鉴于一些朋友看了诗后给我的回复中多有"少年"字样,有的还把歌曲《少年》发给我欣赏,想了想,便改其名为"少年",这样似乎更符合自己想表达的原旨,更符合乎我的不同年龄段的朋友们所共同拥有的那颗同样的少年心。

T女士说:"您还是从前那个少年,没有一丝丝的改变",愿借用这歌词向您表示感谢!

M先生才思敏捷,立马写了一首《少年郎》:春日杏花吹满头／谁家年少足风流／长虹气贯如公瑾／翰墨飞扬似少游。

W先生说:好俊的少年好美的诗!带着露水的花瓣是朝阳中的钻石,远航的白帆是无限的未来!

Y女士说:时光匆匆,渲染了岁月的斑斓,世间繁华入眼,尘心染了香,还是初见少年的模样。更有沧海一声笑,千里快哉风。我属于江湖,我属于自己。恭祝周末愉快!

P先生说:须知少年凌云志,曾许人间第一流。

H先生说:那少年,才华横溢,风华正茂,豪气贯长天!到如今,那少年已是壮年,仍一如当年,诗心未减,舍我其谁,所向披靡,才华胜当年!呵呵,那翩翩少年!

Y先生说了两点感想:一是《遇见》很美,很喜欢;二是我突然很想认识少年时候的你。

Q女士说:旧游无处不堪寻,无寻处,唯有少年心。

老领导Z先生说:"最是人间留不住,朱颜辞镜花辞树"。我们每个人都是从春天走来的孩子,经过葱郁的夏,辗转斑斓的秋，转眼快到了萧瑟的冬天。愿我们永葆少年心！

在旧金山的 X 女士说刚和儿子一起外出办事，现正在回家的路上，并发来了一段即时视频。她英俊的儿子恰是风华正茂的阳光少年，正开着车奔驰在跨海的金门大桥上。

衷心感谢朋友们对那个"少年"的祝福和鼓励！

我给他们一一回了同样的表情——一个身穿校服、佩戴红领巾的小小少年，面对镜头，眼视远方，憋足劲、昂着头，长长地发出啊——啊——啊的壮喝。

这时，X 先生发来一条信息：

归零，是一种积极的心态。所有的成败相对于前一秒都是一种过去。过去能支撑未来，却代替不了明天。学会归零，是一种积极面向未来的意识。把每一天的醒来都看作一种新生，以婴儿学步的态度，认真用好睡眠以前的时刻。归零，让坏的不影响未来，让好的不迷惑现在。

说得太棒了，堪称充满唯物辩证法哲理大美的无韵之诗！X 先生是我极尊敬的好领导、老领导，在我人生曾经的低谷期，他在思想上切实帮助、在工作上强力支持，推动我走出了职业生涯的所谓"至暗时刻"。这样的领导我能不感激感恩吗？他的谆谆教诲我能不遵照执行吗？

"归零，让坏的不影响未来，让好的不迷惑现在"。革命人永远年轻，每一天醒来，我都将坚持从零出发。

午后时光

眯缝着双眼
赖在床上
阳光在窗帘上舞蹈
我细数着它们的数量

一朵两朵三朵
有春天李花的纯良
四朵五朵六朵
有夏日莲荷的清香

忽地一阵风来
阳光满屋子晃荡
数不胜数罢了
慢悠悠重回梦乡

身旁
朵朵阳光
片片净爽
初秋天气
这是最美的模样

（2020年8月16日于渝中半岛和平路管家巷9号）

朋友圈内的每一次诗评，通常会打上评论者的职业特征。

专业人士一般是从艺术的角度评论。

北京的 W 先生和重庆的 H 女士异口同声：阳光一朵一朵的，这个意象好！重庆的 C 女士说：美而纯，小诗于炎热的下午同时带来了春天和秋日的和曛！

今年有 70 名学生考上清华北大，且其学子李金珉勇夺 2020 第 61 届国际奥数唯一满分金牌的重庆巴蜀中学的语文老师 L 女士说：春夏铺垫，末句豁然！

W 先生说：水彩笔触，细描一束阳光，着力细微，瞬间寄托厚重情感——我感觉到了阳光满屋子晃荡！

机关公务员一般是从社会人生和常识判断的角度评论。

在一个地区当主官的 C 先生说：无忧无虑，无恐无惧，无牵无挂，这就是美好的生活。

机关公务员 W 先生说：人生道路万千条，走稳属于你的那一条，你就能自在修行，风景独好！

老领导 Y 先生为我精准地修改了错别字：没有"眯逢"，只有"眯缝"，"眯逢"应该是"眯缝"。

城市中产阶层的先生女士们，一般是从小布尔乔亚情调品味角度评论。

Q 女士说：色彩和午后斜照的光都恰当，像维米尔画的一个角落，恰如其分，亦可天长地久。

W 女士说：诗很美，阳光很甜！

X 先生说：慵懒中的想象，尽享休闲时光。

媒体达人 R 美女，一如既往地把我发给她、她认为质量较好的诗用在了她们的人民家风网上。

D 先生别出心裁的做法让我颇为感动。

他从我平时的诗作中选出一部分，亲手制作了两本诗集，一本自己欣赏，一本送我作纪念。

X 先生夫妇，发来了在解放碑前的结婚纪念照。照片上的题字是"8·15——携手 33 载！"这对专家夫妇着上白下蓝基调的休闲情侣装，先生沉稳儒雅，双手插入裤兜；夫人高挑美貌，右手轻搭先生的左肩，左手挽着精美的旅行包。两人的笑容初秋阳光般干净、柔润、清朗。

我感到很奇怪，都是 50 开外的人了，那状态咋还保持得像小伙子、大姑娘一样哟？现在的日子真的是好到了我们都可以实现幸福地逆生长了吗？可能，中国人的平均预期寿命已过 77 岁啦，何况 X 夫人还是医学专家。

我忍不住把赞美之词献了过去：

郎才女貌、女才郎貌，两个专家、一样霸道！

巫山红叶
——答C先生及其兄弟

想象过你的魅力
想象不出你魅力的神奇
百花盛开的新绿
万木繁茂的葳蕤
以及
秋水长空的苍碧
一夜小雪
点燃瑶姬的火炬
轰轰烈烈
铺天盖地
寒郁的世界
流淌浓浓暖意
峰峦叠嶂
无边无际
霞披红亮诗句
万里长江
绵绵不绝
涌动壮美旋律

（2019年11月23日）

主管过全省宣传文化工作的老领导 H 先生说，我写红叶的两首小诗是他"读到的最美的咏红叶诗篇！"

同学 W 先生说："两首红叶赞歌，情感起伏很大，前歌细腻，后歌博大，气势恢宏，与众多写巫山红叶诗文迥异。一江碧水，两岸青山，三峡红叶，四季云雨，千年古城，简洁而精确地道出了巫山之美。而红叶是画中的点睛之笔！"

同学 Y 女士说："巫山替神女增色，峡江为瑶姬放歌。一切景语皆情语，诗人的感悟与众不同！"

某省文化旅游业掌门人 L 先生则幽默表示："我正在巫山神女景区，把你的诗送给瑶姬好吗？"我回："拥护！"

更有意思的是，有两位青年朋友说了对小诗的印象后，还不约而同地说到近日曾去二手书店，淘到了我的《若有所思话德国》和《当代秘书要义》，表示要从现在起作一些积累，争取也能写点东西。承蒙他们如此看重，我深表感谢，并祝愿他们如愿以偿。其中的 H 先生还说，他把我每次发给他的小诗都推荐给家里的人看，看后还作讨论，令我感动。

我向年青的朋友半开玩笑半认真地表决心：一定好好学习、好好工作、好好生活，有事做事，无事写诗，争取再出一本诗集，绝不辜负年青一代对我这个老朋友的期待！

他们都笑了，我却因自己的表态而有些紧张：

下一本诗集出得来吗？几十岁的人了，说话是要算数的哟！

樱桃芭蕉

——父亲节,心情不错。补记昨日金佛山麓赏樱桃芭蕉共生之美景

精致浑圆
红了樱桃
阔硕澄碧
绿了芭蕉

分开
樱桃矜贵
却孑然弱小
独处
芭蕉厚重
却单调粗糙

一树樱桃
几叶芭蕉
互为风景
真好

(2020年6月21日)

这首小诗三节，52个字，每一节里都出现"樱桃"和"芭蕉"，占了12个字，不用典、不雕饰，简练、干净，韵律美，自自然然地表达淳朴的友善和各美其美、美美与共的价值取向。

一位公务员朋友说：雅兴，是因为有心境，所以，那山、那树、那风景，才能够成为美好人生享受的一部分。

是这样吗？我很向往，只是未曾真正做到过啊！

一位朋友调侃着问：写出这样的诗来，莫非你另有幽情哦？

我直白地对他说：哪有你想的那么浪漫哟！

其实，我更赞成的是另外一位朋友反馈的话：只要能够偷得浮生半日闲，你总会尽量四处走走看看。

重庆大学国内知名花鸟画教授X先生称赞诗的画面感强，并把他刚刚画好、与诗意契合的芭蕉图发给了我。非常感谢这位拉得一手好提琴的仁兄。

6月21日是父亲节，不少朋友认为这首诗的寓意还在于折射出了各种社会关系。比如，芭蕉和樱桃，应可理解为父子或母女或师生或自己与他人之间的关系，社会意义在于我为人人、人人为我。这种见解，我也拥护。

同日中午，接到小学同学Z女士的微信，称当年的班主任杨素英老师次日90大寿，部分同学拟前往祝寿，希望回不去的我也能跟其他外地同学一样，写上一段祝福文字献给老师。我遵命赶写并发给了她：

谢谢同学的提醒，谢谢你们！

杨老师九十华诞，是我们同学共同的喜事和福气。我们每一位同学能够为家乡、为国家做点事、出点力，我个人认为，都与当年杨老师的谆谆教诲对我们幼小心灵的滋养培育分不开。她当年经常讲的"少壮不努力，老大徒伤悲""从小偷针，长大偷金"等人生道理和金句，几十年前已刻印在我的心底，并对自己形成正确的"三观"打下了坚实根基。和各位同学一样，我对一辈子教书育人、德高望重、桃李满天下的小学班主任杨素英老师充满感恩和敬爱之情！

因明天要开半年工作会，很遗憾不能现场聆听老师的教诲和感受我们师生欢聚的喜庆氛围，只好改天回去专门拜望杨老师了，见谅。

恭祝杨老师九十大寿生日快乐！

祈愿老人家福如东海、寿比南山，祈愿老人家更加幸福美满的人生从鲐背之年开始！

夏宜宏同学代我读了这段文字，非常感谢杨老师和各位小学同学！

这样的师生关系，何尝不是另外一种互为风景的樱桃和芭蕉的关系呢？

"六一"的故事

——读W君文有感

月亮还在夜空穿行
妈妈累了
已永别我们

白莲花般的云朵依然纯净
我们老了
已是妈妈当年的年龄

晚风吹来阵阵歌声
女儿大了
倾情演唱一如当年的我们

好想还原妈妈讲故事的场景
我们坐在高高的谷堆旁边
流年不老
永远童真

（2019年6月1日）

读了好友 W 先生关于"六一"的短文颇有触动，加之父母双亡，感触尤深，写诗时真正做到了把自己摆进去、把思想摆进去，"子欲孝而亲不在"的悲怆，保证了这首诗的成色较好。

巴蜀知名导演兼国家一级演员的 H 先生说，取材别致，清新深沉。

退休公务员 Z 先生说，本来儿童节，与我们已无多少关系，但你儿童节触发的对母亲的怀念，让这个欢快的日子沉重和庄严起来，我的心情已轻松不起来，平白如话的诗句让人凄切、心悸、泪目。

我所尊敬的 L 女士发来了她们重庆市第 29 中原毛泽东思想宣传队的五分钟视频，说是还请了当年同学、邓小平特型演员 L 先生回校参与拍摄视频，唱的正是几代人共同传唱的《听妈妈讲那过去的故事》。

F 先生建议说，写得很感人，应找位作曲家谱曲，这诗写成歌曲会很好听的。

Z 先生则发来一首旧体诗，《记儿时做毽子踢毽子——读张公诗所思》：赊个铜钱来托底／少年心事欲翻飞／锥携落落六孔圆／孔带翩翩几羽肥／脚上风光凭我展／场边欢乐向谁归／当时岁月多奇趣／忽笑如今俱已违。

是啊，正如好友 C 先生说的，"六一"去了"六一"还会再来，花儿谢了花儿不会再开，人老了不会返老还童，心不老童心就会永在。

朋友，祝愿您童心永在、笑口常开！

光阴的故事

—— 与年青同事共勉

一天很长
若不思不想

一生很短
若要活出锋芒

钱总不够用
时光总显紧张

稍纵即逝
都没了找寻的方向

一晃就老啦
不能再晃

精准聚焦吧
流年滋味悠长

(2018年5月3日)

我以前在多个时段、多个平台上都曾很年轻，甚至年轻得被戏谑地称为"张少帅"。此一时彼一时，现在，我不得不承认，把自己放在任何一个单位都应属于"老同志"之列啦。

我们单位有些年轻人喜欢我这样的老同志，也乐于同我说些心里话。我呢，一方面牢记孟子"人之患在好为人师"的教诲，自觉约束自己好为人师的冲动；另一方面，在确需说明观点和看法时，也力争少说或不说放之四海皆准的正确废话，努力说一些对人家有点用的真话实话。

这首小诗，说话很土，土得到家，土得掉渣，我却敝帚自珍，因为它传达了我关于人生的一星半点的心得。

第一节说的是，如果我们不想事不干事，朝看东流水、暮看日西坠，从早到晚磨皮擦痒、百无聊赖，那么，每一天的时间都是漫长的。

第二节说的是，如果我们要活出个性，让人生有点锋芒有点意义，一辈子的时间亦如同白驹过隙。

第三节说的是，在社会主义初级阶段和市场经济条件下，时间和金钱一样，或者说金钱和时间一样，于我们每个人而言，都是稀缺资源，应当倍加珍惜，促其增值。

第四节说的是，如果把握不当，它们会转瞬即逝，了无踪迹。

第五节说的是，如果我们一任光阴空自流，一晃就老啦。

第六节说的是，人生一世，说短不短、说长不长，不管干哪个行当，都应当敬业，学会自律，在熟悉自己所干行当"四梁八柱"的基础上,要学会把时间和精力高度聚焦、精准聚焦于一两个重点要点上,学思践悟,持之以恒,那样,我们才可能收获人生意义层面的一点"干货",生命的过程也会因此而更加有趣有味有质量。

我的核心意思是:劝君惜取少年时,莫待花落空折枝;"一万年太久,只争朝夕"。愿我年轻的和所有的同事朋友都身体健康、事业精进、全家幸福!

稻香湖

五月的稻香湖
鲜花盛开，芦苇丰茂
碧映绿洲

五月的稻香湖
黄鹂，斑鸠，白鹭
把高亢婉约成江南小曲

五月的稻香湖
风从草原来，雨从渤海入
小麦黄时，稻香随后

（2018年5月12日写于京郊稻香湖路1号）

京郊参训结束，余下半天，便与朋友结伴到培训地附近的稻香湖游玩。

北京海淀当地的农民厉害，在20世纪80年代初集资建成了这座田野公园。三面环山，六百多亩水面形成天然湖泊，周边是大量的稻田。我脑海里不禁起了短暂的幻觉，怀疑自己是不是到了南国水乡。

通过了紧张培训，有一种"解放"的感觉，稻香湖畔，一挥而就，轻松地便写下了这首恬淡的小诗。

稻香湖面南接纳渤海湾飘来的雨，面北接纳张家口外大草原吹来的风，小麦已经黄熟，水稻正在扬花灌浆，生机盎然，活力无限，这里充满了希望和期待。

稻香湖不可能记住我，我却记住了稻香湖。

童话

——「六一」过节,「六二」快乐

走兽都会说话
小鸟都是歌唱家
日月星辰都懂喜怒哀乐
森林舞会天天上演桑巴伦巴

美人鱼把爱种在海底花园
长翅膀的天使温暖传遍天涯
丑小鸭都会变成白天鹅
灰姑娘都会遇上王子和白马

好人一定会有好报
坏人一定遭受惩罚
正义一定战胜邪恶
善良一定无敌天下

生活不需要粉饰虚夸
生活需要有自己的童话
在童话世界里微笑修篱
满面皱纹盛开幸福之花

(2018年6月2日)

2018年6月1日有些忙，收获一些幽默的祝福，也想写一首小诗献给我儿时的伙伴们却未成。

　　次日晨起，进入状态，中午成稿，下午修改，晚上发出，致我所有的都曾儿童过的老、中、青三代朋友们，祝愿大家"六一"过节、"六二"快乐！

　　人之初，性本善。每个人呱呱坠地来到这个世界，早些年应都是生活在纯净透明、美丽香甜的童话世界，梦幻斑斓，幸福无边。其后，年龄渐长，阅历渐深，慢慢会觉得这生活和人生都不完全是甚至完全不是童话世界描绘的那么回事。再以后，经酸甜苦辣的生活磨砺，历兴衰荣辱的人生沉浮，激情就淡了，信念便软了，精气神也散了，美丽童话在日益加重的沉沉暮气中渐行渐远，随风飘逝。

　　有人说哀莫大于心死，有人说信心比黄金更重要，有人说青春不是年龄而是心境。鉴于身边一些朋友的教训，受益于身边另一些坚强乐观的朋友的人生启发，我坚定地认为，人生一定要经受得住信仰上的磨炼、气节上的检验和灵魂上的拷问，这样才可能终身坚守那个属于自己的美丽童话，任何外力无法抢夺。

　　这个美丽童话就像沙漠中的那泓清泉，冰山上的那朵雪莲，暴雨下的那棵青松，黑夜里的那盏灯塔，海啸中的那个平静而温暖的港湾。只要心中有她，无论世风多么难测，世态多么炎凉，世事多么沧桑，我们都能够做到内心无恙，永远年青，随时随地都能够与这个经常弄得我们百感交集的世界热情相拥！

从哲学意义上讲，人的本质是一切社会关系的总和。从个人生命体验上讲，每一个社会属性的人归根结蒂只属于他自己，与别人没有太多关系。他的人生之路，注定会有那么一段只能由自己走，独自去面对和承担，不管有多难，只能自己走，别人帮不上。看透、看穿这一点，我们就会更加自觉、更加理性、更加勇敢、更加智慧地呵护好自己心中的美丽童话，而无须活在别人的评头品足中，活在别人的故事和传奇里。

离去的都是过往风景，留下的才可能真正属于自己。

留下的若能与自己的那个美丽的童话世界基本相符或者大致对应，那大千世界中的"这一个"生命，定会生发出令人羡慕的美妙和新奇。

愿每一位朋友都能如愿以偿。

我亦能如是，此生足矣。

桃花

一生十五天
所以不抱怨
坡坎坝垭垮
平凡简单
微笑香甜

一生十五天
所以真勇敢
乍暖还寒
燃烧自己
点亮世界

一生十五天
所以很绚烂
柔媚明艳
灼灼其华
霞铺天边

一生十五天
所以懂悲悯

巴山夜雨褪残红
零落成泥暖人间
绿柳堆烟
春色满园

(2019年3月16日于重庆铁山坪桃园)

解放军上校Z先生回赠了一首词《踏莎行·晨光》：

雾散天晴/鸟声阵阵/娇花细柳传芳信/连绵阴云翼难伸/云开晒了愁和闷。　梅眼惺忪/草芽柔嫩/吟鞭指处春泥润/东皇善意几番风/千红万紫凭君认。

写得真好啊，解放军体系内，一个当年对印、对越作战屡建奇功，打得对手闻声色变、闻风丧胆的旅级单位的军人，其诗词功夫竟也如此了得！

奇怪地想到两个问题：

我的朋友中是否有人被初级阶段谋生职业所误而没能成为某一方面的天才？我的朋友中有多少人是与Z先生一样能文能武、又红又专的通才？

想不明白，只感觉神州处处、各行各业都是藏龙卧虎之地。

这是一个需要英雄，而且方方面面英雄辈出的大时代，遍地英雄的无私奉献，强劲撑起了古老中国最青春勃发、最生机盎然的灿烂春天！

清明

今天的阳光特别透明
眯缝着眼睛
能看见好多好多
亮晶晶的微尘
生命光影
思念精灵
平和安宁深情
那是关于根脉的
一封封很长很长的长信
从早上读到黄昏
我终于明白
这个世界
其实只有俩人
——前人和后人
前人是昨天的后人
后人是明天的前人

> 彼此陪伴
> 相互照应
> 从来不曾离去
> 永远相依为命
> 山高水长
> 天清地明
>
> （2019年4月5日于秀山县城）

　　清明节应是细雨纷飞，可这一天的秀山格外晴朗，天地万物清爽、真切、澄明，春天里只有最晴朗的天气才会有这样的明丽和敞亮。

　　自原始社会人类到当今地球村75亿人，来一个大简化的说法，我认为实际上过去、现在、将来都只有两个人：前人和后人。生生死死、死死生生，前人与后人之间交替延续、绵延不绝，共同承担人类自身的繁衍和命运。就个体的生命而言，它的生死是有意义的，但意义是有限的；就人类的生命而言，它的生死意义大于天，意义相对永恒。

　　所以，在前人在天之灵的注视下，我们要明底线、守规矩、知敬畏，恪守作为后人的品行、道义、责任，做好后人应当做的事，把个体的有限生命奉献于无限的人类生命之中，维护好"万物之灵长、宇宙之精华"的前世今生、未来与梦，无愧于我们的前人，也无愧于我们的后人。

这一天的下午和傍晚，还陆续收到一些朋友对诗集《黄葛树下》的评论，抄录几则，接受朋友们的正向激励和鞭策。

才学远在我之上的老同事T先生说：煌煌中华五千年，青史飘香，颇赖士林之传承，风骚大雅，楚辞汉赋，唐诗宋词，大厦之栋梁，炎黄之骨；民族之魂魄，华夏之盐。斯士林上正其心，下正其才之标杆。老兄真士林也！

当年一起参访德国的广州同事H先生说：至今还记得12年前德国之行的你，一路灵感纷呈、奇思妙想，手机上戳戳戳转瞬成篇、百天成书，佩服！

老同事Y先生说：在当今社会，现实生活中还能保留一份诗意，太不容易了。读了你的诗集，让人五味杂陈，我领略了一个别样的世界，还看到了生活的另一种可能。谢谢好兄弟！

4月6日一早，我尊敬的C女士打来电话说，今天的《重庆日报》"两江潮"文艺副刊头条位置上以《诗歌森林中的那棵黄葛树》为题，刊登了诗集首发式暨座谈会上几位专家的评论文章。

几乎是同时，热情友善的美女同事Z女士，把同日《重庆日报》数字报的原文转给了我。

人有两条命，一条是自然生命，一条是文化生命，都应该是美好的。两条命合二为一，同呼吸、共命运、心连心，每一年、每一月、每一周、每一天都过得足够"硬核"和"实锤"，这人生就完全可能在精神层面开放出意义的花朵来。

谷雨
——示弱斋听雨

"谷——念"
已嗅着稻香气息
脱口而出
唇齿生香
满目辽阔新绿
暖风细雨
落花春泥
向成熟出发
同绚丽告别
循着节气生长
每一粒种子
都会结出自己的果实

(2019年4月20日)

关于"成熟"的话题,我在这里主张要循着"节气"成长,这样成长才会结出成熟的果实。于是，引来北京幽默风趣又博学多才的 H 先生转来一则短文，要求我学思践悟，说这才是我们应当追求的"境界"：

  从政的最高境界是，忙中不说错话，乱局不看错人，复杂不走错路；自律的最高境界是，无功不受大禄，无助不受大礼，无能不得大位；生活的最高境界是，爱岗尽职无憾，养家小康无忧，自己开心无悔；荣誉的最高境界是，你已远离江湖，江湖还有你的传说；喝酒的最高境界是，你还知道他是谁，他已经不知你是谁；交友的最高境界是，久不联系，常在心中；爱情的最高境界是，虽已白发苍苍，依然执手互视；生命的最高境界是，哭着来，笑着走。

  短文从为官、自律、生活、荣誉、喝酒、交友、爱情、生命等多个维度着笔，高站位、深切入，梳理归纳力透纸背、精准深刻，读来补心益智，令人荡气回肠。

  不知作者写此短文是不是在谷雨时节？

  但我强烈地感觉到了，这位人生体悟深刻、文字功力老到的作者，已告别花里胡哨的春之绚丽，正进入成熟人生的"最高境界"，这篇短文即是标志。

  我为这则高质量的短文点赞，也乐于转录奉献于读者诸君。

新中国

——有感于重庆主城区迎国庆 70 周年的浓烈氛围

高山巍峨气派
可在您面前
珠峰显得低矮

大海壮阔豪迈
可在您面前
五洋失去澎湃

霓虹美丽绚烂
可在您面前
云霞黯了色彩

星汉辽远深邃
可在您面前
银河逼仄苍白

百年变局

世界舞台
七十亿对聚光灯下
举重若轻
您正形塑
寰球大同未来

（2019年9月28日）

　　1949年10月1日以来，我们这个灾难深重的国家发生了天翻地覆、举世公认的历史性巨变。当前，我们国家正处于近代以来最好的发展时期，世界处于百年未有之大变局，两者同步交织，相互激荡。作为世界第一大党，中国共产党大有大的优势，大有大的样子，其初心使命就是为中国人民谋幸福，为中华民族谋振兴，为世界人民谋大同。

　　每当我念及这些宏大叙述，努力把党情国情世情和党史国史世界史贯通联系起来想一些事情的时候，常常会感觉到激情在血管里奔涌和燃烧，写出来的诗句用朋友们夸张的评价，真是有那么一点"豪迈强劲"，"充满了正能量"。

　　重庆晚报的L先生十分友好，在庆祝新中国成立70周年文艺版上发了我的一组小诗，这篇也在其中，标题改成了"祖国颂"。

　　一家刊物的专栏作家Y先生喜欢朗诵，发了音频给我，听后感觉他朗诵得很好。我打电话谢谢他，他则再次建议搞一次个人作品朗诵会。我对他说,我算什么?差距大哟,本哥哥玩不起那个"格"呢!我衷心感谢好兄弟Y先生的鼓励。

一位我尊敬的首长发了一则他朋友的微信予我,讲大实话,风趣幽默,亲切祥和,增添了喜迎新中国70年大庆的美好氛围:

前几天,复旦大学中文系的几位教授座谈"群"和畅谈入"群"的事,挺有意思的。

——曾经,入团、入党、入伍,现在,还得入群。何谓"群"?群,是由君和羊二字组成;君子正直,羊善良,这表明:正直的人和善良的人组合在一起,就成了"群"。群是个集体,也是一个家,是知识的海洋,是心灵的港湾,是事业的平台,是休闲开心的驿站。

——一个群的人,天天给予彼此不同的祝福;探讨着精彩话题;交流心得体会;几句言辞,几多问候,代表着群友之间真诚的友谊!

——天高路远,对群友的牵挂,是永久的慰藉。感恩传递佳音的朋友,感恩无私奉献的朋友,感恩有你,有他!

——财富不是一辈子的朋友,朋友却是一辈子的财富。学中悟道,"缘来有你"。拥有一个高质量、正能量的群真好!

——挺有意思的,这谁编的呀,10-9-8-7-6-5-4-3-2-1,我10在太想你了,已经想你很9了,请8你自己交给我吧,我绝不会7负你,让你永远6在我身边,5发4这辈子,绝不会对你3心2意,这辈子就爱这1个群啦!

国庆前夕,一首小诗,给别人送去一星半点的愉悦,别人的回赠倍增其愉悦。如此美好的氛围,强化了我的美好想法,即每到周末,我都应该心甘情愿去搜肠刮肚憋那么几句,痛并快乐着抛砖引玉,然后,尽享良师益友们交流信息时带给我的精神大餐。

这日子巴适,是我想要的样子。

感动
——国庆之夜 70 周年大联欢有感

原以为
长情之爱
深似海洋
从容安详
高兴或忧伤
不兴波浪
可是
那一瞬间
倒海翻江
多少人禁不住热泪盈眶啊
天安门广场
五千年文明的背景墙下
一颗初心
万丈光芒
辉映漫天礼花
点亮大同梦想

（2019 年 10 月 1 日）

2019年10月1日国庆70周年之夜，这样的"主旋律"诗歌注定会赢得一些朋友喝彩的。

连日来，神州大地处处洋溢着节日的喜庆氛围。在重庆，不少人在朋友圈里转发渝中半岛警察和工作人员手拉手组成人墙护送行人过街的照片，转发跨越长江和嘉陵江的数座大桥上中外游客人山人海打卡网红景点的照片。几个小时后，重庆"拉链式"过马路和城市"沦陷"的盛况图片，获得了全国各地大量的网民点赞。

举国点赞，重庆当之无愧。

我所知道的是，为给来渝的外地客人以尽可能宽阔的空间，重庆市民都在自觉做当好东道主、盛情迎嘉宾的诸多小事。有关部门还专门提示，解放碑、洪崖洞、朝天门、来福士、大剧院、长嘉汇等旅游景点人员密集，请市民们错峰出行，为市外游客提供更多游览便利。不少市民响应号召，自觉避开人流高峰地和高峰期，气沉丹田宅在家里，不增挤、不添堵。颇有幽默感的市民还编发了"重庆好市民宣言"：

作为一个有担当的重庆人，我们一定做到：江北和渝北的耍，不过嘉陵江；南岸和巴南的耍，不过长江；沙坪坝和璧山的耍，不上内环；九龙坡和大渡口的耍，不上轻轨。尽可能地把空间留给游客，让外地客人耍得放心、耍得开心，怀愿而来，满载而归，并欢迎再来。

这个国庆节期间，外地客人确实来得多啊！仅渝中半岛20平方公里陆域面积，10月1日至7日，游客达到1140.9万人次，其中，外地游客965.9万人次，同比均增加四分之一以上。

当然,重庆人也关心国家和世界大事。10月1日当晚,朋友圈内振奋人心的同样是一组组的自豪图片和幽默文字。

我年青时曾想做外交官,因种种原因未能遂愿,但这并不影响我对外交本质的判断。

外交永远是刚柔相济,短期和长期目标相互支撑,尽可能把自己的人搞得多多的、把敌人的人搞得少少的创新创造性艺术。国家的利益目标及其保障使命,都是国家机器和国家力量整体性、内在逻辑相互连贯、协调和相互支持的战略任务。大国要有大国的样子,根本是首先得有大国的实力,要以其硬实力、软实力、巧实力共同构成自己国家的强大的综合国力。

1840年以来的180年,中华民族何曾像今天这样自尊、自爱、自豪、自信过?没有,包括1949年,也包括1978年,都不曾有过。在时间节点上,它只能属于新中国成立70周年和改革开放41年后的2019年及其以后。一个开始走向强大的中国,和有的国家必然产生难以回避的权力、利益、财富再分配的竞争和博弈,要在竞争和博弈中确保中华民族不再人为刀俎、我为鱼肉,必须要有包括军事实力在内的强大综合国力作保障。

我为祖国今天的太平盛世而骄傲,为我们有捍卫太平盛世的强大国力而自豪。所以,无论何时何地,我都乐于讴歌初心使命的万丈光芒,讴歌人类命运共同体的大同梦想。

我爱你,中国。

菊之宣言
——鹅岭公园赏菊

真的，朋友
我花开尽百花残
纯属偶然
那些关于我的
哲思警句
诗意礼赞
以及传奇般的内涵外延
都是瞎掰
我只是一株草本植物
雨冷风寒
笑容素简冲淡
就喜欢同你声息相通
一年一见
彼此温暖
其他
都是扯淡
与我无关

（2019年10月27日）

写这首小诗，是在与几位好友同游鹅岭公园，参观久负盛名、却中断数年的鹅岭菊展之后。

从古至今，文人墨客咏叹菊花的诗词很多，诗词中赋予菊花以人类情怀和诸多寓意的也很多。由菊到人，有感于不时耳闻目睹的那些或穿凿附会、或用力过猛、或无限拔高、或强买强卖般推送的所谓先进典型，我便写下了这么几行白话句子。

小诗引发的回应妙趣横生。

Z先生的词很雅致，《青门饮·鹅园菊吟》：霜冷风寒/百花将尽/无忧自放/金秋时候/蕊吐香浓/色佳形巧/娇态也迎风骤/微雨梧桐落/悄然见/黄花仍守抱香枝头/迎风独傲/神采依旧/　　非信黄巢偏爱/悠然自得/还夸五柳/把酒东篱/韵迷才女/时有暗香盈袖/征战豪情在/誉黄花/张公诗有/任凭万里霜来/只把秋歌高奏。

X先生则是把我最近发给他的几首小诗的标题串起来，以散文诗的方式形成一则"读后感"：我在静静地读/《礼花》纷飞《菊之宣言》/我在静静地看/渝中半岛七十年/读《月亮》打湿笑脸/看《秋阳》剪裁绚烂/灵动清新/印注在《朝天门》上空/交融成《星月湖》/轻轻荡漾/灵魂注入诗心/幸福而温暖。

中国社科院原心理研究所掌门人S先生谦和地说：张刚老师，能否把你的诗歌给我几首，我们在杂志上刊载。我对他说：不必了，写着玩的，谢谢您！

上海的同行W先生告诉我说：15年前，帮助了一位上海盲校的女孩读高中，女孩高中毕业后，考取了中国残疾人艺术团，任二胡和独唱演员。不久前，她与同团的萨克斯男演员结婚了。祝福他们，不容易！

他还把自己与这对幸福的残疾人夫妻的合影发给了我。

我知道 W 先生是一位古道热肠的好大哥，但不知道他坚持多年帮助一位残疾人读书的事。由事及人，细细地想，这位上海大哥更加令我尊敬。

北京同行 X 先生说：您怎么就能这么有闲？我们早出晚归天天上班，连太阳都看不到呢。

我回了一个得意的表情包。他是名校毕业高才生，正在关键岗位作重要历练，如日中天，前程远大，哪可能像我等平庸之辈这么闲呢？我在重庆默默祝福他：身体健康，事业如歌！

晚秋

消褪了
北河两岸
斑斓童话的海洋
芭茅尖上
点点雾霜
露珠般晶亮
雪花般清凉
思绪
融入最后一抹秋光
风景如画
静美安详

(2019年11月2日,秀山大溪国家湿地公园)

当天下午4点左右,重庆秀山国家级湿地公园大溪景区下起了太阳雨。夕阳向西,彤云密布,时而雨骤风急,时而云开雾散、阳光灿烂。

那阳光灿烂得神奇,深秋厚厚的云包围遮蔽着它,但它反包围、反遮蔽的力道极强,把云染成色彩斑斓的海洋,穿透它们,如巨型追光灯般在远山近水和江中渔船间欢呼雀跃,直抵我心灵深处轰然作响。这才叫壮美呢!

一江秋水,暮云合璧浮光跃金,两岸青山郁郁葱葱透迤伸向远方。这时,约两里地外,一位渔翁驾一叶扁舟从斜对岸逆光驶来,不断前行,慢慢脱离了背后青山浓重的阴影,愈显清晰。江面宽阔,远山如黛,渔舟唱晚,最后的霞光童话般播撒着温暖,这人与自然的和谐美让人惊叹、沉醉。

其后,北河两岸和整个大溪国家湿地公园就是小诗想表达的那种美景。

赶紧用华为手机照了几张,发给几位有专业素养的摄友,他们很快作出回应,大多是问我在哪里,问明地点后表示要找机会过去。爱开我玩笑、一直刻薄待我的L先生,这次依然高高在上,微信中一直拿我开涮,最后表扬了一张,说那一张"勉强算得上没入门的业余选手拍的大片"。

这小子一贯不厚道啊——"没入门的业余选手"能"拍大片"吗?没法,我悟性较差,惹不起这个业内能拿大奖的主,明明知道他说话是在不带脏字地骂人,也只好先忍着,等有机会,我得"骂"回来!

周末

——与 P 君雅会品茶

天空中找寻她明亮的眼神
大海里追随她清晰的脚印
似幻若梦的感觉
若有还无的贴近
失散的今日团聚
逝去的此时重温
喧嚣后的沉静
繁杂后的单纯
邋遢后的纯洁
浑浊后的清新
周末
总是如此美好
清水芙蓉净
松岗朗月明

（2019 年 11 月 30 日）

小学同学、如今同事 W 女士问:"末句用了苏词吧?"我没有直接回答,而是把 1975 年的原版舞剧《草原英雄小姐妹》视频发给了她。她看后赞美道:"这应是才旦卓玛唱的吧,好干净的野嗓子!"

北京 T 先生的点评与她的点评相近,我便立即将其转发给了她:"周末总是如此美好,此句,跳脱而又率真,似东坡。"然后,我把她的评价也转给了 T 先生。

一份小确幸,请志趣相投者共同分享,周末,总是如此美好,生活,就该如此美好。

一所巴蜀名校的校长也幽默地说:"杆脚(有意犯错,'感觉')所有的美好,都是因为周末不上班。"我回复:"成都人唱的——'老子今天不上班',但可惜啊,我得马上去加班。"她回得很快:"团聚的今日失散,重温的此时逝去。"并用了害羞和俏皮的表情。

我无声而笑。幽默,让平淡的生活有趣。

向上
——渝中半岛加班后的联想

腊梅吐蕊满城芬芳
瑞雪报春花开霄壤

江河东流向往海洋
船帆离港期盼远航

日出东山蒸蒸日上
月落西岭淡淡温香

各有硬核各有方向
正在绽放正在辉煌

（2020年1月4日）

有三位老友说，假日加班居然还写得出诗来，他们怀疑我是否真在加班、加班是否真抓实干。

我当即把他们"怼"了回去：我们加班做出来的工作量难道是你们完成的吗？我必须加的班加了，该写的诗也写了，写了的也发给你们了，你们还要我孝敬哪样？

三位老友被逗笑了，他们发来的乱七八糟的表情符号把我也逗笑了。

既有踏石留印的工作，也有风趣幽默的生活，这是我的快乐。有张有弛，相得益彰，人生就会变得更有滋味，这也算是"我有我的硬核和方向"，这种生活方式，我愿它一直"正在绽放正在辉煌"。

冬阳
——傍晚写意

每个人都在惊喜
数九寒天竟能与你相遇
春日般明媚
少了些许和煦
秋阳般美丽
多了几丝寒意
熟悉的陌生
陌生的熟悉
那种感觉
似乎行将结束
却又徐徐开始

（2020年1月12日）

一切景语皆情语，每一首诗的基调反映的通常是当时当地的心境。

当日忙了半天，到了中午，才看手机微信。《人民日报》的青年才俊M先生说：十九届中央纪委第四次全会召开了，报社要写一篇专家学者和干部群众关于学习领会习近平总书记在会上重要讲话精神的反响稿件，拟邀请你就其中一部分内容谈谈感想和体会，请予支持。

这样的好事我能不珍惜吗？我赶快请示报告，经批准后按要求积极响应，后来真的见了报。

那几天事情多、任务重，加之本人能力偏弱、效率偏低，所以自己把自己弄得有些愁云惨淡情绪低落；忽遇知我们工作根底的M先生那么一点拨、一提携，《人民日报》上真还露了一小脸，心情顿时有了云开雾散迎来艳阳天的感觉。

开车在下班的路上，看见了寒郁冬季难得一见的那轮夕阳，到家后，便很快写出这首小诗，发给了M先生，邀请他春暖花开时到访重庆；工作之余，请他光临寒舍小酌，我保证要用珍藏多年的过期酒款待他。

M先生爽快答应，可一直未见他那英姿勃发的年轻身影。他会来吗？会的，当山城的腊梅盛开时，这位好兄弟会来的。

农家乐

蜜蜂嗡嗡歌唱
花圃中愉快奔忙
蜻蜓将停未停
同荷叶相互打望
麦浪
涌向远方
流云
都镶上了金边的衣裳

随风起舞
朵朵阳光
应和着栀子花开的旋律
以及山溪的清亮
秋千轻晃
绽放
田野的芬芳

朗月闲挂天上
今夜
它会听见
恬适拔节的声响

（2020年6月13日傍晚，渝北大盛某农家乐）

诗中有城里人大多喜欢的田园风光要素：

蜜蜂、蜻蜓、花朵、荷叶、麦浪、流云、山溪和秋千……尽量把它们得体而有韵律地组合在一起，呈送给周末的亲朋好友，那就变成了有朋友说的"迎面吹来田野的风""满满的清香""满满的浪漫、满满的爱！"

Y先生回赠一首诗："田园广阔农家乐／江湖硝烟任凭说／流云青山朗月闲／蜂蝶莺飞对君酌。"诗作不错，但好像有点弦外之音呢。

同事F先生说得有些玄了："蜜蜂与花朵不分家，蜻蜓与荷叶不分家，树与山溪不分家，今夜与朗月不分家，台湾与祖国不分家。"

我想了好久：这首小诗有统一台湾的寓意吗？

但我理解这位饱学君子，他八小时外喜欢冷眼旁观世界、笑骂指点江山，这几天兴许在研究港台问题，大概是由国家推行香港国安法想到了台湾必须统一。改天见面，一定听他细说统一台湾的谋略探秘。

F先生的解读让我认识到，作品一旦示众，它真的就不属于自己而更多地属于读者了。当然，自己的思考能够成为别人思考的经验借鉴或教训起点，这也是让我高兴的事。

刹那间的美丽

——与朋友相约拜谒重庆朝天门街道二府衙社区杨闇公旧居

霪雨半月
就那片刻停歇
阳光洞穿浓厚阴郁
晦暗模糊的视界
瞬间清晰

很想细品这清晰
以及它分分秒秒的细节
可它倏然而去
没了踪迹
连绵不绝
又是霏霏细雨

分不清是真实
抑或是梦中奇遇
感知因人而异
也许
它仍在那里
却又
稍纵即逝

（2020年7月17日）

经中共中央批准，1926 年 2 月，在今朝天门街道二府衙社区杨闇公旧居成立杨闇公为书记的重庆地方执委，负责川渝工作。在此，杨同朱德、刘伯承、陈毅等还领导了史称八一南昌起义"预演"的泸顺起义。参访中，15 时 27 分许，天空陡亮，潇潇雨歇，众人一片惊喜，倏忽后，又是已绵延半月的梅雨天气。

有句名言说，"一千个读者就有一千个哈姆雷特"。看过这首小诗的朋友因经历、阅历、专业、学力和人生经验等方面的不同，所看见的和感悟的当然不一样。

同事 W 先生说：雨、雨、雨，连绵不绝，织就了重庆今年的 7 月。你在放晴的一瞬间提炼诗意，这真是只要心中有诗，人生便处处有诗！

C 教授说了类似的话：你用诗行抓住瞬间美丽，给人以独特而美好的心灵碰撞。

同事 Q 和 L 两位美女说：一半烟火，一半初心，你把文学融入生活，生活便更有滋味！

而我尊重的企业家 T 先生则感叹着说：杨闇公的"人生如马掌铁，磨灭方休"，最令人难忘。

我由衷感谢我的好友们。他们在我眼里，大多是受过通识和通才教育的人，不少人具有很强的感性能力，能够很好地感受别人的人生体验，分享别人的酸甜苦辣和人生百味。

当晚与北京的 X 先生通话，他的观点我热烈拥护。

他说，现在人们社会生活的美感远远超过近代任何时期，人们要提高生活质量必须注重提高感性素质和能力，感性素质和能力的高低，直接关系着生活美感的体验和生活幸福指数的高低，甚至关系到生命的质量，所以，人们在拥有良好的理性素质的同时，还要拥有良好的感性素质。

我理解他老兄的意思，幸福的生活，需要拥有体验幸福生活的能力。

感知因人而异，也许，如果把握不住，它会稍纵即逝。

有朋友戏说，希望我们这座城市的文化艺术能够达到宋朝的水平，音乐舞蹈达到那些能歌善舞的少数民族的水平。这也是很有见地的观点。如果我们的"理工男"都能多一些优秀文科生所拥有的感性素质和智慧，文科生都能多一些优秀"理工男"所拥有的理性素质和智慧，那我们的物质和精神生活必将更加丰富多彩，更具高品质。

在这方面，华为产品给我留下了深刻和美好的印象。比如，他们生产的东西，实现了把技术变成艺术、把产品变成作品，让消费者在"通感"和"共情"的作用下，能够更好地享受物质财富，获得精神舒畅和心灵舒展之美。这种"美起来"的感觉，契合我们国家这个站起来、强起来、富起来的伟大时代。

"抗疫"什志

面对庚子年突如其来的新冠肺炎疫情,中国人民同疾病斗争的英勇壮举,铸就了举世钦敬的伟大抗疫精神。这组篇什即时记录刻骨铭心的片断和点滴,向往却不能抵达的叹息,戴口罩幼儿眼神的圣洁,拐点来到时无人岛上的欢呼雀跃,还有更珍贵的最美逆行者踏石留印、奉献牺牲的足迹。中华儿女,感天动地

致逆行者

——抗疫小诗之三；赠临危受命奔赴防控疫情火线的 D 君

好兄弟
我该怎样对你说呢
今年的春节
是如此沉寂
连立春的天气
都格外灰暗忧郁

细看你的微信
已是昨晚半夜
指挥部电话中说需要你
你便即刻奔赴一线疫区
"二线"同志
没有丝毫的认戾和犹豫

知道你曾学过临床医学
知道你从不会豪言壮语
还知道你的优点是踏实
缺点是太踏实
所以
我坚信
疫情在哪里你一定在哪里
疫情越紧急你脚印越清晰

原以为
英雄都在故事里
原以为
童话才会有天使
今日的你就在我身旁
知识分子人格
成色足够
社会中坚和良知
货真价实
你就是英雄
你就是天使

如果今夜有雨
愿它助你
消杀所有的病毒和恐惧
如果今夜有风
愿它助你
吹散所有的犹疑和焦虑
如果今夜有月
愿月光如水
缕缕慰藉
暖暖希冀
普照天下华夏儿女

好兄弟
我等你
没有一个春天不会到来
没有一个冬天不可逾越
待疫情散去
待花开大地
解放碑下
我们相拥干杯
共同品味和铭记
祝酒歌欢快的旋律
以及那些不应忘却的
泪水和记忆

（2020年2月5日）

这首诗打动了不少良师益友。

一位老领导的评价是"情深意切，如泣如诉，棒！"他是当年解放军8341部队出身的高级干部，在文史领域亦有很深的学养和体悟。

C女士说："有温度、有血性的好诗！感人至深！向逆行者致敬！为逆行者祈祷！盼他们凯旋！让我们众志成城度过冬天的寒冷，迎接春天的到来！"

Y女士说:"疫病来了,城市静了,人群散了,喧嚣沉寂了。如果,没有如果,我深信,寒冬终会过去,阳光终将普照大地,而那些存留于心的既会有灾难的阴影,但更多的是人性的良善和美好,还有对生命的感悟,对勇士的致敬。珍惜当下,一切不易。永远难忘的2020年春节。"

W先生说:"他们都是民族的脊梁!那位兄弟凯旋重庆时,如果可以的话,叫上我,我带两瓶酒!"

Y女士说:"我们今天的安好,是因为有千千万万像这位兄弟那样的勇士为我们负重前行。举办庆功会,我来办招待!"

另一位Y女士说:"'苟利国家生死以,岂因祸福避趋之'。从深情的诗句中,我读出了万般庄严,心里既崇敬又难受,希望早日看到英雄完好无损的微笑。我有一种强烈的愿望,想为一线做点什么。我有心理咨询资格证,若需要,我将义无反顾尽绵薄之力。"

L先生是刑警,却从艺术的角度对小诗作解析:"诗作通篇体现对逆行者的祝福和赞赏,开始就道一声'兄弟',亲切而温情,诗中二、三、四段,对逆行英雄们的精神、学识、品质给予高度评价,末段一句'我等你'乃点睛之笔,对逆行英雄们的祝福浓情满满!属纪实经典小篇。"

Z先生转了一副对联给我,上联是:火神山,雷神山,钟南山,三山齐聚克难关;国内捐,海外捐,李兰娟,众捐纷来达通途。下联是:男护士,女护士,大院士,中国勇士齐抗疫;医者心,仁者心,中国心,万众一心不畏难。横批是:

武汉加油,中国必胜!

中学同学 Y 女士说:"这首诗让我们在严峻凝重的环境下拥有希望,因为我们有幸生活在一个充满担当的国度和社会!"

Z 先生是国家一级导演和著名朗诵家,他在第一时间录制和传播了这首战疫诗,好几家电台电视台用了。

我没有投稿,有好友热心推荐,这首诗成了我的诗作中被采用最多的一首。

先是重庆作协、《重庆日报》、华龙网三家联合推出抗击疫情诗歌时用了;接着,人民网一下子发了包括这首在内的五首抗疫诗作;然后,中央纪委国家监委机关刊物《中国纪检监察》杂志抗疫电子专刊作为首页用了;其后,国家外宣杂志《中国报道》和《中国妇女报》、中华家风网、重庆市文旅委官网、重庆电视台和几家电台等市内外 10 多家媒体用了;再后来,一些抗疫方面的庆功表彰、文艺展演、书画展览、多媒体演示及场景运用等,也用上了这首小诗。我当然感到很振奋!

诗言志、歌咏怀,一首诗要产生好的社会效果,一定得有他人参与甚至是集体开展创造性劳动。

在这里,我要特别感谢同事 J 先生的批评建议。他说"领导电话中说需要你",宜改为"指挥部电话中说需要你"。不然读者可能会误认为你这位好兄弟是唯领导是从的"马屁精","那样的话会名声不好哟!"按他的建议,我改了。

写这首诗,源于真人真事对我的感动。

我的好同事、好兄弟 D 先生，头天（2020 年 2 月 4 日）晚上深夜告诉我，领导要求他立即奔赴抗疫一线，负责现场组织分类隔离病毒感染者和可能感染者的工作。

任务很急、很重、很危险。电话中我能感觉到他内心的忐忑和紧张，当然，更多的是感受到了他临战前的亢奋和理性。他说，一辈子也难得有这样为国为民效力的机会，也算是生逢其时，一定服从命令，千方百计完成好任务。

打硬仗就得找"狠角"。D 先生做事踏实，做人低调，值得托付，我坚信组织选对了人。同时，那段时间，我也强烈地感受到了我们国家和整个社会战时状态中迸发出来的无穷智慧、勇气和排山倒海的力量。

新冠肺炎病毒是未知的，但我们很快就把病毒的检测盒做出来了，基因层面也把毒株搞清楚了，疫苗也开始试验了；巨大的产能兑付能力，保证全中国在一周左右时间内便解决了口罩与防护服等物资紧缺问题；舆论管制方面，仿佛一夜之间，捣乱信源几乎全军覆灭；国、省、市、县、乡、村六级行政单元上下联动、贯通发力，国家元首一声号令，一至两天中国最基层的社区单元就能执行到位，全社会的动员能力令世界震惊；国家宣布，疑似就医的，财政支持；公开疫情防控的重要细节，世界关心什么就直播什么，而且用上了 5G 来提供技术保障，等等。这些能力和水准，绝对是世界级的，和平时期能够有效抵抗瘟疫，外敌入侵时它就是我们国家的战争能力。

身边的朋友是这样爱国爱民的平凡英雄，14 亿人的国家其向心力、凝聚力、战斗力和创造力是如此强大，我怎么可能无动于衷呢?

于是，我一气呵成写出这首小诗，最先发给了已奔赴抗疫一线、对事业真挚热爱、做事情精益求精的平凡英雄——D君。

如果

——抗疫小诗之六,期盼钟南山院士4月底疫情基本可控的预判变现

如果疫情拐点真的来到
我会马上去朝天门的无人岛
摘掉口罩　欢呼雀跃
大口呼吸两江清风
对自己进行最新鲜的犒劳

如果疫情拐点真的来到
我会马上去解放碑中央大道
一边打望　一边微笑
同中国西部第一街
同摩肩接踵的中外游客
都搭上一个飞白
HELLO——你好

如果疫情拐点真的来到
我会马上去人声鼎沸的洪崖洞
请上我认识的所有朋友
品尝重庆最正宗的火锅
以及山城4月最迷人的味道
大快朵颐
一个都不能少

如果疫情拐点真的来到
我会马上来一次

说走就走的旅行
最先要去的是湖北武汉
亲近江汉路熙攘的人潮
感悟黄鹤楼悠悠千载的白云
还有武大校园樱花的
纯洁绚烂
决绝和曼妙

如果疫情拐点真的来到
我会马上去拜望钟南山博导
想以感恩和敬爱的名义
同大英雄作一次深情拥抱
当然,还要加上微信
成为息息相通的忘年交

如果疫情拐点真的来到
我会马上找齐牺牲者的遗照
春风不燥　中国正好
向每一位最勇敢的人三鞠躬
民族脊梁
个个崇高
愿自己
从此也同样博大壮豪

(2020年3月1日)

著名诗人F女士说：这是抗疫诗中我所读到的为数不多的好作品，不口号不概念，从头到尾情绪饱满，真挚动人。

改革开放几十年来，她是中国诗坛一直靠作品说话的德艺双馨的诗人，能够得到她的鼓励，我当然感到高兴。

北大法学博士Z先生说：发给了中文系的老友，老友说这首诗思想旷达，细腻深情，文采飞扬，视角独特而聚焦社会关切，体现了作者的人文情怀与深邃思考，诗意呈现了人间的烟火与温情！作者用诗歌记录疫情时代，文以载道，古往今来的好作品都是大时代的写照。

女儿也罕见地发来了读后感：真好！这首诗情感饱满而聚焦社会关切，文风清新活泼又带着幽默，既体现作者对自然和他人的真挚善意和深情，又体现出深邃的思考，还体现了一种乐观旷达的心境。

我们这座城市的多位领导也给予了肯定和好评。一位德高望重的首长还希望我"对这次疫情的前因后果、众生百态作实事求是的记之、思之、议之，于世人、后人有所裨益"。这是很高、很严的期待啊。我回答说："谨记。匹夫有责。"

2020年的这次新冠肺炎疫情，是新中国成立以来传播速度最快、感染范围最广、防控难度最大的重大突发公共卫生事件，也可以认为是人类与新型瘟疫的一场"世界大战"。这次病毒极其凶险狡猾，战斗力超级强大，病毒再生繁殖数（R0）即平均一个感染者再传染人数达到2~3。极其凶险的1918年西班牙流感的病毒再生繁殖数也是2~3，最终造成当时全球总人口17亿人中有10亿人感染，2500

万~3000万人死亡。如果照此作理论上的推算，中国至少应有上亿人感染、上千万人死亡。

实际情况究竟怎样呢？全世界人民都清楚地看到了，中国共产党领导中国14亿人民果断采取资本主义国家闻所未闻、想未曾想，也无法想象的一系列强力措施，用死亡四千余人、二千多名医护人员感染、二十多名医护人员牺牲和巨大的财产损失，及时有效地阻滞了病毒凌厉的攻势，坚决打赢了疫情防控的人民战争、总体战、阻击战。中国大无畏地保护了自己，客观上也拯救了世界。世卫组织总干事谭德赛先生多次强调指出，中国卓有成效地减缓了疫情向其他国家扩散的速度，为整个世界争取了时间。

病毒面前，世界很乱，唯有中国风景这边独好。何以如此？最根本的是中国坚持的是中国特色社会主义制度，这个制度的本质特征和最大优势，就在于有中国共产党的长期执政和全面领导。

中国同西方的制度到底哪个更有成效？

其实，新中国成立以来的71年、改革开放以来的42年已经作出了回答；这次突如其来的大灾大难带来的"大考"，再次作出了权威性检验。

我所生活的城市重庆，在这次"大考"中亦应位居"优等生"之列。

2020年1月28日以前，有专家担心"重庆将成为第二个武汉"，香港大学李嘉诚医学院甚至以数学模型为支撑警告说："重庆高峰期一天可能会新增15万病例。"当时，这种担心是有一定依据的。重庆2019年的劳务输出是400余万人，相当部分在武汉打工，春节前夕已回到原籍；重庆作为近3年旅客接待量居全国首位的网红旅游城市，1月23日前已有外来新冠病毒携带者进入；重庆多个区县与湖北毗邻，陆地相连，水路相通，人文相亲，来往频繁，武汉封城前"500万人出武汉"去了哪里？以城市排名武汉来客之多，重庆位列第二，多达20万人，危情可想而知。

后来的实际情况如何呢？一个月后，重庆疫情严重程度从全国顺数第三掉到了第十；而且挑选派出1614名医护人员奔赴武汉和除武汉外湖北省疫情最严重的孝感市，承担起了支援和支撑的重任。

何以如此？要全面作答，那是写大部头书才讲得清楚的事，作为这段历史的一位亲历者和见证人，我可以作定性颂扬的是：我们这座站立着的英雄城市，既有责任担当之勇，又有科学防控之智；既有统筹兼顾之谋，又有组织实施之能，防控疫情工作的战略谋划、战役组织、战术执行，全过程、各方面、各环节都始终做到了科学精准、扎实细密、有序有效，从而有力地保证了重庆经受住了"大考"。

这里仅举两例：

重庆市巴南区龙洲湾街道龙海社区坚持"以大概率思维应对小概率事件"，以城市社区为单元，严紧细实地开展网格化、地毯式排查。

这个社区的居委会大年三十晚上接到街道通知，要求在第二天早上完成对所辖6个小区的封闭监管，两天完成对社区一万多户、二万八千多人的入户排查工作，而居委会仅有 8 名工作人员，短短两天内如何能够完成如此艰巨繁重的紧急任务呢？

但社区党委完成了这个几乎不可能完成的任务，秘密在于其强大的政治功能和出色的组织力使它拥有"点豆成兵"的魔力。

"人力不够，党员来凑"，党委充分发挥战斗堡垒作用，当晚通过社区微信群等方式，一夜之间组织动员了 440 名以中共党员为核心的志愿者，这些志愿者统一分派到 6 个社区即 6 个网格中去，即刻开展拉网式、全覆盖的排查，次日晨实现了对 6 个小区的封闭监管，两天内实现了对全部 10457 户、147 个门店、417 个企事业单位和 1 个养老院的宣传、封闭、排查、监管工作，并有效保证了对居民的物资供应，鳏寡孤独在内，一个不落全部照顾到位。

重庆市渝中区也是这样，辖区内的 79 个社区党委，个个都有如此缜密、强大的政治功能和组织力、执行力，以区为单元整体展示了重庆母城、主城核心的社会治理能力和水平。

这也就不难理解世卫组织总干事谭德赛在介绍中国经验时总爱说的那句话："我一生中从未见过这样的动员！"

走过这一段轰然作响、坚毅悲壮的时光，纷繁的情感沉淀后，理所当然会更加理性和激情。活着，就要好好学习，好好工作，好好生活，懂悲悯、会感恩、能珍惜，特别是要世代铭记那些在民族有灾、国家有难时挺身而出、毅然逆行的最勇敢者，一代一代、生生不息的最勇敢者，是他们用铮铮铁骨般的脊梁撑起了华夏社稷，中华民族在 5000 年历史长河中才能够做到愈挫愈勇，在磨难中成长，在磨难中奋起。是他们的奉献和牺牲灿烂了中华民族不屈不挠、自强不息的精神天空，我必须向他们鞠躬致敬，必须歌唱这些国家和民族的真心英雄！

盼

——抗疫小诗之七

不见想见
想见怕见
惦念
你不见我
我不见你
孤单

庚子年
二月半
幽幽的思
淡淡的怨
轻轻的愁
柔柔的甜
人与春天
胶葛中纠缠

思绪
仍然纷繁

情感
还在熬煎
何时才能彼此进入
桃花人面
活泼新鲜

昨夜
梦见拐点
艰难
却步履稳健
热情握手
各自分散
它走向了辽阔原野

终将和谐
终将团圆
愿岁月静好
忌恣意狂欢
自然之子
最真的良善
就是天人合一
回归自然

（2020年3月8日）

这首小诗写得不算顺当。

先是写了三稿，然后发给女儿，遭到嘲笑，说是与上一首《如果》比较，完全不在一个档次，建议我不写也不发了。我不服气，几易其稿，成了现在的样子，再发女儿，她说还可以，我便发给各位朋友，问候周末好。

看来，坚持把它修改出来是对的。好几位女士都异口同声地说"很美"，感谢作者用辛勤劳动给她们送来了"三八"国际妇女节的"别致礼物"。

Z先生回赠的是一首词，《西江月·拜读抗疫小诗之七有感》，写得真好：语似春阳温暖／文如流水慈悲／千帆阅尽化蝶飞／月色温来共醉／　唯盼疫情早去／三月潇洒来归／愿将和风永追随／如此清欢最美。

好友Y先生："诗歌与情志能如此行云流水、交融幻化，情切切、意绵绵，既可闻潺潺之泉，又能望星空浩瀚，诗也，心也，心去，鬼神亦泣矣。"

我玩笑式地回应Y先生："你可以成为很出色的诗评家，如果愿意暂时放下你宏伟的事业的话。"Y先生也俏皮地回答："毫无疑问，诗人的作品可以感动和征服读者，但读者甚至诗评家的评论未必感动得了诗人，所以诗人比评论家高明得多。"这老兄厉害，说不过他。

好友L先生说："高产高效高质量。"我回："红酒白酒样样有。"这位仁兄好热热闹闹、高高兴兴喝小酒，疫情以来的两个月不能找人切磋，差不多快憋坏了，这对他是一种生活的残酷啊。我开玩笑发微信撩拨他的通感，让他想起昔日相聚时小酌的美好，平时轻松易得的朋友小聚于今仿佛成了镜花水月，他会想到些什么呢？他没再回微信，我想象得出，他应是一边看着聊天记录一边无声微笑。

在国外办过个人书法展的书画家好友 W 女士，用她那独树一帜、独具魅力的书法再现了这首小诗，参加相关作品展后赠送于我，我特别高兴并深表谢意，装裱好后挂在自家客厅。

同时感到很高兴的是，好友 M 先生给我发来了 3 月 7 日人民网刊发的我的抗疫系列诗。前几天，这位好友说，他认为我最近写的抗疫系列诗歌有味道，为了"传递正能量"，他发给其北京朋友，北京朋友认为不错，推荐给了人民网和中国作家杂志社共同发起的人民战"疫"平台，平台选发了我的《致逆行者》等 6 首小诗。

能够让更多的读者分享这些小诗，能够为战"疫"作出一点奉献，我感到很舒心。

残雪

——抗疫小诗之一，于重庆秀山为防范新型冠状病毒肺炎而取消亲友聚会

来到这里
只为见你
寒冬将尽
仍遥遥无期

如今
即将远去
期盼
已消瘦
满怀疲惫

终于
滑落残枝
纯净的叹息
碎了一地

向往却不能抵达
除夕小雨
丝丝缕缕
都是别样的诗意

（2020年1月24日）

2020年1月24日是农历的大年三十，本应是万家团圆、举国同庆、中华儿女携手共迎新春佳节的喜庆日子，却因前所未知、突如其来、来势凶猛的新冠肺炎疫情的阴影而破坏了应有的欢乐祥和。当日，湖北、广东、浙江、上海、重庆等14省市启动突发公共卫生事件一级（特别重大）响应机制，宣布严格落实党和国家关于防控新冠肺炎疫情的决策部署，实行最严格的全面排查、最果断的隔离观察和保护措施，最大限度减少公众聚集活动等管制措施，全力应对新冠肺炎疫情。

秀山边城，天气寒郁，雨雪飘飞。同其他千千万万个家庭一样，我们也响应政府号召，取消除夕聚餐，准备启程返回。

这样的背景、这样的天气，心情可想而知，我便写下了这首小诗。有思念，有感伤，有遗憾，有珍惜，也预留了不同年龄、经历、阅历的朋友再创作的空间。

一位而立之年的青年，步《残雪》的结构和音韵，写下《阳光——读〈残雪〉有感》：来到这里＼只为见你＼疫情肆虐＼胜利＼仍遥遥无期＼秀城阳光＼仍那么和煦＼照亮大地＼温暖心底……

这位帅哥诗中的精气神让我振奋。确实应该这样，在不期而遇的瘟疫这样的大灾大难面前，我们更应该保持昂扬向上、坚忍顽强的精神和众志成城、战而胜之的强大自信。向这位90后的帅哥学习，诗如其人，他奋发有为的精神状态感染了我，提醒我须随时随地保持良好心态，把稳把好自己作品的基调。这对于自己，对于他人，都很重要。

致敬大自然
——抗疫小诗之二,居家隔离观察中偶感

池莲清纯
淤泥并不干净
月光温馨
月球洪荒冰冷
大海多情
马里亚纳莫测幽深
雪落无声
而它本应淅淅沥沥
播撒古老辽阔的音韵

凡事溯源追根
没有必要也无可能
一因多果
一果多因
或认知缺失
或逻辑陷阱
尊重尊重更尊重吧
真的
这个世界好大好沉
而我们
好小好轻

(2020年1月28日)

一位律师打来电话说，他对我的诗作印象最深的一点是有观点、有思想，"世界好大好沉，我们好小好轻"，"写神了"。

他说，这次新冠疫情让许许多多的普通人都空前强烈地感觉到了必须尊重自然、敬畏自然，千万不要自以为是，不要以为人类真的就是万物灵长、世界霸主，我们对世界的认识还差得很远。"感谢你的诗把我们想表达却又说不清楚的意思很接地气地表达出来了。"

他认为，写诗就是要少用"惯常写法"，有"原创独创特征""是真本事"。他还说，以后人们可能记不起你做过公务员，"但可能会有人记得住你的几首诗的"。类似的话，两年前他在北京与几位香港、台湾律师喝酒尽兴时曾给我打电话说过，他还把我的一些诗转发给了那些人，说是那些律师里面有的国学底子很好，有的也喜欢我的诗。

这位仁兄的点评也鼓舞了我。今后，应少掺和可有可无的饭局，不掺和无谓的纷争，把 8 小时以外的时间尽可能多地用于琢磨写诗吧，诗的灵性和有趣会把我从平庸中拉扯出来，助我给这个色彩斑斓的世界贡献一丝丝属于自己的色彩和温暖。

兄弟

——抗疫小诗之四，情人节答真情之人「君

两旬不见
恍若三月
兄弟
我也想你啊
想哥俩开心小聚
一壶老酷　切磋酒艺
三荤两素　畅叙衷曲

然而不能
病毒仍在肆虐
甚或会更加猖獗
钟南山说了
要把它拖死饿死
还须各自为战
还须坚壁清野
共筑人民战争的铜墙铁壁

蜗居　隔离　继续
江山异域　息息相通
风月同天　心有灵犀
你就是我
我就是你
同仇敌忾
坚持　坚持　再坚持

放心
兄弟
酒，我帮你存起
敬天畏地
感恩有你
拐点和艳阳一定会到来
到那时
美丽中国
天天春节

（2020年2月14日）

2月14日是西方的情人节。感于资深好友T君近段时间多次电话相邀小酌的盛情和疫情期间不得聚集造成的欲见不能欲罢不忍，自己在淡淡的苦闷中写下并发出了这首小诗。

重情重义的 T 君马上回了极富诗意的微信：等春天来到，我们热烈拥抱！

其后，他在电话中说，这首诗真实、生动、幽默，看完后感动，笑了。我附和他说，好噻，笑一笑好啊，不然，疫情过后兄弟们相聚时都不会笑了，那一起喝小酒还有什么氛围呢！

这是春寒料峭的一天，朋友应都蜗居家里，大概是"百无聊赖就读诗"的缘故吧，一会儿后，小诗在朋友中引发了热议。

同事 T 君说："看了一遍又一遍，有点想哭。白描的日常小景，在此刻是那么的温馨，让人怀念；而后，用重峦叠嶂的语言烘托疫情的肆虐来对真挚友情进行反衬，把对兄弟的牵挂写得那么深！执子之手，与子偕老，这是战友情、兄弟情最好的诠释，即使远在天边，心却跳动在一起！加油，我们逆行的英雄！待到樱花绽放时，普天同庆再聚首，把酒言欢，不醉不归！"

这段感言，用另外一位美女点评小诗的话，可谓是"力透纸背，豪气冲天"啊！

也有说得轻松风趣并带一点戏谑成分的。

一位老兄转来一则《宅家决心书》：宁把自己灌醉，也不参加聚会；宁把自己灌倒，也不出去乱跑；宁把脑袋睡扁，也不外出冒险；宁把沙发坐破，也不出去惹祸；宁可憋得冒汗，不给政府添乱。

我回应这位老兄说：这才是好诗！

文艺青年 X 君说："刚哥你好！你周末加班也能有感、有悟、有诗，连我这学诗的都感觉每周'等诗'是一个美妙的过程，戒不掉啦，你看着办吧。"

老同事 Z 博士说："写一首好诗容易，坚持写好诗真不容易！"某在渝央企董事长 Z 君说："诗很感人，已转我全院中干群。"

已驾鹤西去的中学恩师刘林先生的小儿子的回应更是别出心裁。

他发来的是一张成都高新区其所居住小区的"市民出入券"，上方标示"我宅家我骄傲，我为祖国省口罩！"下方标示"不出门宅在家，疫情防控靠大家！"最下方是更小的字："万众一心，众志成城，坚决打赢防控疫情阻击战！"券上盖章所刻字多而小，依稀可见属地责任单位抗击疫情指挥部办公室的鲜红印章。

我回复微信说：收好哟，兄弟，拉开一定的历史视距，"市民出入券"会成为珍贵文物的。请代为向你母亲问好，多多保重！

幼儿的眼神
——抗疫小诗之五,早晨邂逅邻居戴口罩的幼儿

毫无杂质
纯真
圣湖般清澈
柔柔一笑
刹那间
长空放晴
湖映祥云
这个世界哟
竟如此爽洁而温馨

放下一切
今夜
焚香沐浴
把自己的肉体
连同灵魂
一同放入圣湖中清洗
早上醒来
但愿
脱尽俗气
纯净明亮天真
恰似那幼儿的眼神

(2020年2月21日)

一家在渝央企的董事长 X 先生说："你的小诗，惊醒了一颗沉睡的老心。"我心头一震：它有这样的力道？

不少朋友也申发出一些人生感慨。

有的说："童年，真好！"有的说："一生温暖纯良，不舍爱与自由。"有的说："你的诗让我们在抗击疫情的压力中感受到了明亮和希望。"

有的朋友把收集的调侃段子也发给我逗乐解闷。

基于严防人传染人的要求，有段子说："以前晚上出门怕见到鬼，现在白天出门怕见到人。"

鉴于农历猪年因猪瘟猪肉价格暴涨和疫情之初口罩供给不足的情况，有段子说："本以为今年的猪肉最抢手，没想到最后关头，口罩杀出重围，猪肉怎么也想不到，它败给了口罩！口罩怎么也想不到，它竟然成了年货！"

一位朋友发来一幅漫画：蝙蝠、果子狸、猫头鹰等动物围坐一圈，它们把人类关进了笼子里。最有意思的是那只猫头鹰，睁一眼闭一眼，睁的一只眼有戏谑调侃，闭的一只眼似乎在严肃沉思。有史以来，都是人类把动物关进笼子，这一次天道轮回，人类不能善待生灵，动物便把人关进了笼子。

解放碑下的一位年青朋友给我的微信颇富幽默意味："早上一醒来，我眼里就模糊着那些与纯净、明亮、天真有点距离的东西。"

一位侄儿辈的小伙子原创了小诗《口罩》：

每次见你\都戴着面具\因为无助\也因为恐惧\两米的距离\遮住了脸庞\却遮不住你的美丽\我愿陪着你\用我

仅有的四小时生命。

　　小帅哥歌颂疫情条件下人见人爱的口罩，写得还真不错！

　　人是万物之灵长，很厉害也很复杂。凡夫俗子的人生一代又一代重复着近似的轨迹：小时候想得很美，相信山外有山，天外有天，世界博大，人生精彩，盼望自己快快长大，尽早独立自由地满世界去走走看看，体悟博大，领略精彩。可及至长大成人，走了一山又一山、过了一村又一村，逐渐有了酸甜苦辣、百味人生的体验，自然会感慨这个世界远比年少时所能想象的更精彩、更复杂、更无奈，在广博无边的社会和自然舞台中，越是前行、越向远方，越是不由自主地喜欢回望来路，越是特别留恋过往的干净、真挚、纯粹和温暖。在突如其来、穷凶极恶的新冠肺炎疫情来袭的特殊时空环境里，面对那3岁幼儿的眼神，一瞬间，我感动莫名，真也有"惊醒了一颗沉睡的老心"的感觉，禁不住潸然泪下。

　　往日时光覆水难收，我们已回不到童年。我们应该和能够做的，就是在认清生活和人生的真相后，依然以当年的热爱之情，带着那颗初心一如既往地奋然前行。比如，在处理人与自然包括同其他动物的关系上，我们确实需要进一步摆正位置，敬畏天地，善待动物，爱惜一草一木，用与客观世界和谐相处的行动来证明——自然之子，最爱自然。

牺牲

——抗疫小诗之八,向武汉抗疫烈士致敬

一代一代活着
一代一代离去
前辈　我辈　后辈
没有例外
同一规律

只是
危难突袭
人们惊恐躲避
你
却毅然逆行
绝地反击
用同我一样
唯一一次的生命
以及完全不一样的
勇气、智慧和格局

危难
一败涂地

我们安全了
你却倒下了
一如东湖樱花
绚丽　短促　壮烈
民族精神的天宇
升起你英雄的气质

今夜
仰望星空
我泪流满面
周边
万籁俱寂
大地
无比坚实

（2020年3月13日）

  毛主席《七律·到韶山》中有著名金句："为有牺牲多壮志，敢教日月换新天。"

  伟人何以能够如此豪迈和自信？我的理解是，因为我们有壮志、有理想、有信念、有力量。这次抗击新冠肺炎疫情大战大考中，已牺牲近70人，其中，中共党员占到70%，而中共党员总数是9059万，占全国14亿人口的7%。

基辛格在《论中国》中说："中国人总是被他们之中最勇敢的人保护得很好。"那些理性又血性、富于牺牲精神的英雄，就是我们中国人中的"最勇敢的人"。

鲁迅先生在《且介亭杂文·中国人失掉自信力了吗》中写道："我们从古以来，就有埋头苦干的人，有拼命硬干的人，有为民请命的人，有舍身求法的人……"历史的烟云"往往掩不住他们的光耀，这就是中国的脊梁"。那些最勇敢的人也就是支撑中华民族江山社稷的脊梁。

为他人而勇于牺牲自己的人，能不为他人所尊敬？

为国家和民族而勇于牺牲自己的政党，能不为国家和民族所拥戴？

不忘初心、牢记使命的中国共产党，必将长期执政、全面执政，这是历史、人民和实践的选择。坚信，中国共产党也必将不负中华民族和 14 亿中国人民。

春光

——抗疫小诗之九

燕子一样欢快翻飞
桃李一样清新芬芳
绸缎一样柔丽温软
春水一样鲜活荡漾

轻松舞曲般自由流淌
田园牧歌般闲适安详
抒情长诗般恣意奔放
人间烟火般活色鲜香

泪水里泡过才这样净爽
晦暗中熬过才如此敞亮
绝地反击才有的神采飞扬
凤凰涅槃才有的纵情歌唱

繁花似锦
莺飞草长
口罩已然滑落腮帮
希望希望
生长生长

春光正好，蓬勃向上
环球凉热
一个模样

（2020年3月22日）

  搞新闻的D先生问我，由他制作后发其朋友圈可否。我对他说：你说了算。

  约十分钟后，他的成果在其朋友圈中传播，有朋友转发给了我。春水泛舟，万物复苏，燕子呢喃翻飞，有中英文对照内容，构图很美。谢谢这位电视人对作品的演绎和美化！

  Z女士用我写的抗疫系列小诗的题目组合了一段激情文字发给了我："历经了《残雪》《致敬大自然》《致逆行者》《兄弟》《幼儿的眼神》《如果》《盼》和《牺牲》，终于，有了纵情歌唱的《春光》，有了今天口罩滑落腮帮的舒畅，有了餐馆恢复堂食的奢望，有了三五哥们对酒当歌的向往！真切期望，亚非拉欧美，快快迎来曙光，让全球回到原来的模样！"

  乡友H先生反馈的是一段很有想象力的《瞎想》："总有个幻觉/2020年不是真的/能不能重新来一次/巴菲特八十九岁前/只见过一次熔断/我辈五十岁已见了五次/……/日本奥运会估计延期/特没谱也会干预股市/今年不算吧/明年继续叫2020/各种活动照旧/还不会增加一岁。"

Z先生是诗人，他发来《致援意抗疫医疗队》：

疫侵罗马势将倾／彼岸求援呼救人／盟友旁观皆袖手／中华勇助独登程。

艰危方显情和谊／大义无关利与名／凉热环球同一体／硕鹏跨海奋奇兵。

广州的H先生拍了一组开得正艳的岭南映山红照片给我。他是一位具专业水准的业余摄影师。

也有个别朋友的反馈内容似有一些自我膨胀，甚至有民粹主义的味道，夸大了当时疫情严重国家对中国的求援，讥讽有的国家"连抄作业都不会"，重复着所谓"一省包一国"的说法等等，令人感到不适。

大国要有大国的样子，大国国民也要逐步养成大国国民的成熟心智。面对世界百年未有之大变局，我们应当多一份有历史感的战略定力。这次新冠肺炎病毒斜刺里杀出，行踪诡秘，狡猾刁顽，疫情骤然暴发，很快蔓延全球，到今天为止，其杀伤力尚未见顶。它还会一路夺命伤身，所形成的疫情压力、治理压力、政治压力、社会压力交织在一起，呈现出百年未有的纷繁复杂，而且它已经走出生物学范畴，对世界经济、政治、社会生活等带来了重大冲击，正在和必将进一步深刻影响和改变世界。这对每个国家都是严峻的检验和考验，当然也是对中国特色社会主义制度的检验和对中国社会治理体系和治理能力的考验。千里之行，始于足下，少逞口舌之快，埋头干好分内工作，这才是我们更应该、更要紧去做的事情呢。

谢H君

——抗疫小诗之十，与H君等老友切磋老酒后

约了好久
盼了好久
从正月初一
到三月初五
走了好远好远的路哟
终于
越过隔离的荒丘
我们热情相拥
窗外
春风杨柳
花团锦簇

摘下口罩
彼此祝福
公筷夹菜
然后
开了那瓶
过期的年酒
满上　举杯　昂首

咕咚一声
大考初胜的喜悦
滋润心头

哦，朋友
暖香中微苦
这庚子年的酒啊
味道
格外绵柔醇厚

（2020年3月28日）

因疫情影响，有两个多月不曾同H君等好友见面，他们都是春节前彼此相约要一起小酌共迎新春的好兄弟啊。3月底的当下，疫情有所缓解，大家便都有些迫不及待了，共同约定，该把推迟了70天的小聚补上啦。

防控疫情形势整体不断向好，大家紧绷的心情也有些春暖花开了。所以，朋友们对这首小诗的回应大多是积极甚至是比较乐观的。

有人说"诗中有酒、酒中有诗，春天来了"；有人说"诗里洋溢着过期酒特有的醇厚味道"；有人说"老酒的味道，是友情的味道，是真情性的味道，是人间烟火的味道"。也有几位朋友把他认为的诗中"金句"拈出来还给我，表示认可和欣赏。当然，从他们高兴的回应中，我似乎也嗅到了朋友们窖藏老酒的芳香。

X 先生说："情深，意浓，酒香。与时代和命运同行的诗！"

Y 美女也轻松愉快地开起了玩笑："站着等你三个月，说好了相聚在一起，悲喜交加在酒中！"好像话没说完，我想了想，她后面还少的那句话大意是小酌为何不请她。记住了，下次要请她。

做警官的 X 先生说："酒得道中，仙遇花里，你诗中以畅饮酒这个'俗'，折射了中国人面对大考伟大付出的'雅'。哲理啊！"

军人 Z 先生回的是一首旧体诗，《闻美国新冠人数跃居全球第一有感》：瞬间十万数飙升 / 闻说惊慌愧未能 / 晴雨自来天有序 / 芳菲尽毁地无凭 / 府间少事民眸在 / 国际多事仁教兴 / 济危济难风正劲 / 静观鹰翅拍峻嶒。

原来的同事 Y 先生，看了小诗中有"咕咚一声"，便写下一段意蕴深厚的短文《咕咚一声》：呜呼一声，数千生命新冠肺炎不幸逝去；南山一声，口罩隔离勤快洗手待在家里；召唤一声，五湖四海英雄儿女上阵拼命；涕零一声，妙手回春无数生命起死回生；祝福一声，事了挥手远去英雄背影；咕咚一声，老酒美酒情满华夏中国精神！

不亲身经历 21 世纪第一个庚子年的这段历史，极大可能看不懂这些时代感极强的文字，更感受不了其中的深厚意蕴。

幽默的天津老友 A 先生发来一张图，初看吓我一跳，细看，才见是一个人一样大小的狗，后脚拖在地板上，前脚趴在沙发中，酷似一个累趴下的赤身裸体的人！

文字说明是：西班牙全国封城，规定人不可以出门，但可以出门遛狗。于是，这家人的狗从此就悲催了——邻居们都来借狗出去放风，它今天被遛了38次。

有这样的事吗？也许有。但更大的可能，它应该是特殊时期中国式幽默的一次国外场景应用，当然，想来作者应是基于西班牙人的幽默而作的善意调侃吧。

有意思的是，乡友Y先生看了这首关于切磋老酒的小诗后，从另外一个角度切入来了一首打油诗：二两过期酒／看落谁之手／诗人赞一篇／粗人够一口。

这位兄弟在调侃我酒量弱小。每次回乡，凡与他切磋，我都只好以年长几岁为由耍赖。没法，我二两酒后基本到位，他二两酒真的是只够一口！

我的朋友中不乏这样友善、乐达、睿智、有趣的人。写到这里，我想引用很有水平的好友Y先生反馈的话来作为结束语：

愿作诗之人、诗中之人、诗外之人，皆得安好！

清明

——抗疫小诗之十一，举国哀悼抗疫斗争中牺牲烈士和逝世同胞

花在风雨中飘零
人在缅怀中伤春
蓓蕾吐蕊时
即将凋谢
太阳西沉后
又会东升
一粒尘埃
一颗星辰
兴衰死生
或面目全非
或从未变更
夜色用无边的黑暗
苛酷追问
而阳光温暖无声
抚慰每一个人
从肌肤
到心灵
爱
大地般辽阔
海洋般深沉

（2020年4月4日）

4月4日，党和国家领导人同全国各族人民一道，向在抗击新冠肺炎疫情斗争中牺牲烈士和逝世同胞默哀，共同表达深切悼念。国旗半垂，举国同悲，国家以最高的祭奠表达哀悼，寄托的是血浓于水的同胞之情，也昭示着中华民族慨然前行的奋发之志。在这样的背景下，我写下了抗疫小诗之十一。

于我而言，写诗是自觉劳动，读朋友的信息反馈是精神洗礼。

Y 先生说："世界由不同的生命营造出生机，人生由真善美构建起希望。得与失，流血牺牲与胜利荣光，都将随时光的暗流默默地流进记忆，流向唏嘘，留下的是历史的诗行。"

W 女士说："辗转人世间，每个人也许是一粒尘埃，但心却是一颗星辰。"

类似的感言还较多。在这里，我想写的是在国内抗疫这样的背景下，我当天与大洋彼岸同处疫情中的一位好友微信互动的情况。

定居芝加哥的 P 先生，一早发来小视频。"美式隔离"期间，无聊无奈中，一位白人小伙子在其家里充分利用地形地物玩技巧运动。同时，他还发来一张照片，是两排带有商标的香蕉。他考我说，这是在做什么？

关于美国帅哥的视频，我说：这小伙子不错，如果不推迟举行的话，今年的东京奥运会上可建议增设隔离期间自创运动项目为比赛项目，说不定他能拿冠军。

至于那两排香蕉，我有些迷惑，没有作答。

P先生便专门解释了香蕉的事。他说，平时他们家都是夫人在负责采购，自疫情流行以来他一直待在家里无聊，就想找点事做，于是主动向夫人提出由他来负责购物，头一遭就是试手订购香蕉。他见商家网上图示有根香蕉，便订了15根，估计够一周的了，结果送来时才晓得是15把（捆）。

原来广告上的图示一根不是代表一只，而是代表一捆呢！

我开他玩笑说：还以为这香蕉抗病毒呢，买那么多。他说，吃不完哟，今晚准备冒死开车出去分送给好友共享。

我突然想起自己第一次在实物形态上认识香蕉的往事，写下了一段在物质极大丰富的今天年轻人很难理解的文字，发给了他：

长到11岁时，我见到了香蕉。那是一位同学的父亲回河南老家探亲返回时带来的，可能是路上没吃完吧，因为当时交通极其不便，经一周左右的一路颠簸，那香蕉成了表皮暗黑的瘪蕉。同学的父亲随手给了同学，在一旁的我问那是什么，说是香蕉，我当时禁不住口水都要流出来了。同学厚道，掰给了我一点点，我毫不客气，接过来就送进了嘴里，可马上感觉满嘴涩麻，一种腐烂味——吹得那么凶的香蕉，原来这么难吃啊！

后来，到外面读书和工作，看见香蕉我就想起那个味道，好多年对香蕉都没有好印象，直到有一天真正认识了正常香蕉的本味，才在心里对香蕉说了一声对不起哟。

所以，我自作多情地着急，建议他尽早给朋友送过去，不然时间长了，可能破坏朋友对它美好滋味的感受。

那天晚上，他先是打了朋友电话表达善意，朋友说需要，他便开车一家一家送去，一共走了 7 家，放在门边就离开，朋友们都很高兴和感谢。这位哥哥说好久没出门了，街上几乎无车无人，好清静啊，他呢，真是做到了"冒死跑一趟，也不能让香蕉烂掉"。

人生是美好的。疫情环境下，忙忙碌碌的人们似乎都有可能坐下来梳理和盘点人生，想一些过去来不及细想的事，这于人生的价值和意义是有益的。

一张关于香蕉的照片，一段初识香蕉的苦涩回忆，一夜冒险挨门逐户为朋友送香蕉的真实故事，我相信都会成为 P 先生和我的共情记忆。几十年了，尽管 P 先生同我天各一方，变化都很大，但小时候共同环境熏染形成的一些文化和精神层面的积淀，有些已不可能改变。那里面往往有"密码"般的温暖，常常成为我们这一代人的心照不宣，有时候它就是亲切的问候，是心灵上的一种相互抚慰。

4月

——抗疫小诗之十二。今早新闻,国内疫情相对平稳,国外疫情触目惊心:新增病例10.12万人,累计确诊163.75万人,累计治愈31.38万人,累计死亡10.14万人

大地绽放生机
空气清新爽洁
绿色旋律
蓬勃诗意
天地间
灵动低回
激越奔泻
世界最美的时节
我只盼一个满足
嘴角笑意
不再被口罩遮蔽
十里春风
每个人都自由自在地呼吸
不分你我
亦勿论国别

(2020年4月12日)

北京同行 D 先生回了一首小诗，比我的好：怎奈小虫何／天雷动地火／一夕风云起／寰球共凉热。

北京的 H 先生，在微信中开了我一个玩笑：刚兄的诗也应在美国、德国出版。我回复他：我不是作家。

我知道他讲的是有一位中国作家有关疫情的书在外国出版的事。每个人的天性都具有幽默感，但因多方面因素的影响，有的幽默可以同天下人分享，有的比较适合在"懂"的范围内分享。

成都帅哥 L 先生说我是"心有春天，温暖天下"，同城的美女 W 女士说我是"担心了国内还要担心国外"，"累不累哟！"前一句，中听；后一句，有点刺耳，但仔细领会其总体精神，人家是对的。我这人，有时确实只活在自己的世界里，常常做一些狗拿耗子的事。

于是，我给 W 女士打电话，说有句话叫"吃地沟油的命，操中南海的心"，这些年，我们重庆的食品市场监管大大加强，吃得着地沟油的概率太小了，但这也不妨碍我偶尔想想国家大事啊，这就叫胸怀祖国、放眼世界嘛。她哈哈大笑，表扬我深刻理解了她微信的本质，支持我吃饱了继续坚持折腾，她坚信"结局一定是美好的，战疫一定是胜利的"。

嘻嘻哈哈间，我基本能够确认，作为喜欢同我抬杠的老友之一，她可能不会再蹂躏我那颗玻璃心了；当然，我得有思想准备，没准不高兴的时候，她还会拿我开涮的，反反复复都好多年喽。

写到这里刚想打住，可万里之外的 P 先生从美国伊州发来了新的图片和文字说明。我俩微信交流，彼此心领神会，一直高度自觉在交流中坚持用秀山话中的"暖"（"卵"，秀山"万能字"）等土音土韵来强化表情达意，彼此随时随地因此而感到莫名的亲切和愉悦。

哦，顺带说一下，我的故乡秀山五里不同乡、十里不同俗，每一个乡镇的口音都是不一样的。我也一直没想通，那方水土那方人说话咋那么别出心裁、别具一格、别有韵味？那些土语土音，经常让我觉得它最有可能保留和折射着人类的某种活化石般宝贵的初始状态，但它们一经被"翻译"，就没了原汁原味，没了特有的幽默妥帖，就像秀山的美味佳肴"石堤豆腐鱼""秀山米豆腐""一锅煮三省"等，出了秀山境域，就完全没有秀山水土温光条件下的那种特别到摄人心魄的美味美感了。

P先生发给我的是美国当天新冠病毒病例和死亡人数又创历史新高的图表。

看了后，我便对P先生说：这真的是王老汉看大字报——危暖（卵）险！

他没有回话。哦，他出国三十余年，估计一时半会想不起看大字报的王老汉的典故是咋回事了。

我解释说：在"文化大革命"期间，秀山西街有个王老汉，常常嘴里叼着一根烟杆上街转悠，虽目不识丁，却很爱凑热闹，哪里人多就往哪里钻。看见大家都往县城中心的十字街去看大字报，他也总是跟着去。人家看墙上的大字报，不认识字的他就看那些看大字报的人的表情，看着看着，那些人的表情常常是越来越严肃,甚至严肃到义愤填膺、咬牙切齿、面目狰狞的地步,王老汉感到那些人很搞笑,也没出息,纸上的字都可以把他们气得像暖(卵)形,他觉得这没有意思,而且很危险,于是,便一边摇头说"危卵险!危卵险!"一边吧嗒着旱烟杆走开了。后来,"文革"中的秀山便很快流行起了一个以不识字的劳动群众王老汉的名字命名的新歇后语:

王老汉看大字报——危暖(卵)险!

P先生大笑,为半个世纪前的王老汉点了好几个赞。

他说,因为疫情,他已被迫宅在家里靠网购生活了几个月,还发来一组照片。有的是纸和肥皂等物,说是采购作继续隔离的储备物资;有的是加州海滩上仍然人流如织的场面,说相当多的人什么暖(卵)都不怕,疫情蔓延照样去沙滩、去酒吧,真的是王老汉看大字报——危暖(卵)险啊。

交流中我也不时抿着嘴笑。我想,疫情过后,他要及时回国一趟该有多好。若他回来,我就休假陪他,回去过一把瘾,从乡土美食到带点粗痞的乡土文化,一起细细品尝,那是我们秀山的味道。

善良

——抗疫小诗之十三,致在全球携手抗疫共克时艰中企图"甩锅"中国的病毒政客

原以为
善良
明媚纯净暖香
一如眼下春光
我心欢畅
你亦舒爽
殊不知
你却声势虚张
肆意抹黑
还要所谓索赔追偿
内心膨胀到
混账流氓

失望　迷茫
今日
终于洞悉霸凌真相

> 那便由你去吧
> 善良者仍然善良
> 有人道的芬芳
> 还有捍卫人道的
> 尖锐锋芒

（2020年4月18日）

朋友圈里，这首小诗引发了一些朋友"三观"上的同频共振。

F先生说：好！嬉笑怒骂皆成诗，善良勇敢方本色。美国，一贯就是全球的流氓混混，固守丛林法则，靠着美金、美军、美媒横行霸道，欺负弱小，引来众怒。既合作又斗争，应成为国家对美国的选择和策略，我们这里有好酒，也准备有打豺狼的猎枪，正如诗中所言：中国有捍卫人道的锋芒！

W先生说：鞭辟入里，痛快淋漓！你用"甩锅"混账流氓，我善良中保持锋芒！

L女士说：病毒没有国界，疫情不分种族。在病毒肆虐的情况下，没有谁是赢家，现在应该是全人类团结起来，集中不同优势与病毒搏斗的时候，而不是夸大其词、妄加指责，所以我们中国要以足够的底气和自信，坚持做好自己的事、走好自己的路！对了，应该这样：我们微笑前行，同春天一起生长！

Z先生说：为"人道的锋芒"赞，人善我才良，人恶我锋芒！

T先生说：投我以木瓜，报之以琼琚；投我以木桃，报之以琼瑶；投我以木李，报之以琼玖。我国对待日本、意大利、塞尔维亚等曾在危难时刻帮助过我们的国家，都是秉承滴水之恩当涌泉相报的中华传统。而某些西方国家的无耻之徒，不懂报恩、恩将仇报，没有能力去抵抗灾难，竟想用"甩锅"的恶劣行径转移其国人视线，必将被历史唾弃，钉死在耻辱柱上！

W先生说：应时应景，一语中的！更增强了"四个自信"，看透了西方的虚伪与丑恶。

P女士说：疫情是一面照妖镜，善与恶、美与丑，正义与奸邪轮番上镜。尤其是美国故事，看得人眼花缭乱，眼镜大跌，不过我始终相信，人间正道是沧桑，中华复兴之路无人可以阻挡。

L先生说：我仿佛看见一个强悍的棒球队员用这首诗将西方政客甩出来的"锅"毫不客气地打了回去！

Z先生发来的是《谷雨前寄张公》：
忆昔戎门似坐禅，如今万事尽忘筌。
眼前名利同春梦，醉里风情敌少年。
野草芳菲红锦地，雨丝撩乱碧罗天。
心知半岛张侍郎，不作诗魔即酒颠。

我回他：你骂人啦。这位先生颇有才华，只是不太了解我酒量，常提到酒，但酒量一般般，且无酒瘾，"颠"不起来呢。

Z 女士说：建议奥运会增加一个项目——"甩锅"比赛。

80 后 Z 帅哥说：特朗普，我现在一看到他就禁不住要笑。他比周星驰和憨豆更有表演天赋。他是一个被总统职务耽误了的巨星级喜剧天才！

X 先生说：2009 年 H1N1 流感在美国大面积暴发，蔓延到两百多个国家和地区，导致 20 万人死亡，美国赔偿了吗？近 40 年前艾滋病首先在美国发现，蔓延至全世界，有谁找美国追责了吗？2008 年发生的美国金融动荡最终演变成全球的金融危机，有谁要求美国为此承担后果了吗？病毒是自然界的微生物造成流行的，某种程度上是一种不可抗的自然之力。一些西方人种族歧视栽赃陷害中国，这是现代人类的悲哀和耻辱！中华民族当自强！

朋友们的信息反馈对我是深刻的教育，坚定了我对这次新冠肺炎疫情的看法和想法。在这次疫情的重大挑战面前，中国共产党领导下的中国特色社会主义制度的优势迅速凝聚起了全社会的力量，这是我们夺取胜利的根本保证。

个人认为，2019 年迎接新中国成立 70 周年的那些工作，好似历史性的巧合——仿佛客观上也成为了 2020 年抗击疫情的预演，即在有力保障庆典活动圆满的同时，又很好地锻炼了党员干部和人民群众对重大事件应有的敏感性和应急响应能力。

尽管在疫情初期的一两周内湖北及武汉的部分工作显得有些慌乱，但从总体上看，共产党的各级组织在全国各地充分发挥了领导核心和战斗堡垒作用,成为战疫的顶梁柱和主心骨。

重庆市渝中区把城市划分成区块网格,还把住在辖区内的党员和干部都纳入网格管理统一发挥作用,以多种方式鼓励各方面的志愿者参与进来,有统有分、统分结合,化零为整、化整为零,组织严密、高效运转,推动了抗疫工作有力有序开展。

这么大的国家,关键时刻有人站得出来,危难关头有人顶得上去,社会秩序和运行有条不紊,人民群众的心里当然就踏实了。在重大灾难面前,信心比黄金更重要,人心顺了、齐了,还有什么强敌不能战而胜之呢?

对比看美国,有些事确实让人感到奇怪和纳闷。比如:

美国作为世界第一强国,科技最发达、医疗资源最丰富,在所谓抗疫的"开卷考试"中何以死亡人数在最高峰时每天多达4000人以上?这可是连国内的那些"精神上的美国人"都感叹"没想到"的事。

美国作为自我标榜为最尊重人权的自由民主的典范国家,对比中国把每一个人的生命和健康安全摆在第一位的理念和做法,那些政治精英为什么要那么迫不及待地"甩锅"中国和世卫组织呢?为什么会粗暴剥夺美国人的健康权和二十多万美国人的生命权呢?生命权可是最基本、最重要的人权啊,没有了生命权的人权还有意义吗?输得都相当于没穿裤衩了,为什么还要恬不知耻比烂式地"把丧事当成喜事办"呢?真的是所谓中国不行了、美国快赢了、美国已经迈向再一次伟大了？难道赢得总统大选比普通美国人的生命更重要、更必要、更紧迫吗？

美国作为西方最典型的法治国家，能否真正客观理性地看待自这次疫情发生以来国际社会有目共睹的中国牺牲、中国奉献、中国模式和中国成效？能否在中美两国的抗疫实践对比研究中，实现美利坚合众国相关法律制度的与时俱进？能否于法有据切实保证对滥权妄为的病毒政客实施追责问责？

走到今天，世界就是一个休戚与共的命运共同体。这些年来，全球化演进已使现代社会人与人之间、民族与民族之间、国家与国家之间的交流达到了前所未有的深度和广度，地球村七十多亿人一损俱损、一荣俱荣，应当守望相助、同舟共济，应当秉持和而不同、"万物并育而不相害，道并行而不相悖"的理念，合力培育形成各美其美、天下大同的思维方式，形成美人之美、美美与共的现代人格。人类应当坚持以和为贵、平等相待、和睦相处、相互学习和合作，拒绝自以为是、自私自利、短视封闭、单边对立的偏狭行为，抗疫是这样，其他方面也应当是这样。

几十年前，那些以各种方式刺激和鼓励中国坚持对外开放的国家，何以到了几十年后的今天要纷纷"退群"和爽约，意欲回到鸡犬之声相闻、老死不相往来的小国寡民状态中去呢？我们都是地球村人，咋就不能更多地彼此包容、求同存异，协力实现天下一家亲的大同理想呢？

在美国西雅图定居的 X 女士说我写了一首好诗，"有时代感,若干年后再来品味,会别有一番滋味"。

  是吗?"若干年"是多少年?我没问她。但我想,在这次被有人称为自第二次世界大战以来最严重的全球性危机之中和之后,每隔三年五载就可以搞一次"回头看",我会主动提醒大洋彼岸的她一起来重温和品鉴这首折射了一个历史片断的小诗。"实践是检验真理的唯一标准"。到那时,新旧再对比、中美再对比,品诗读史话中美应是很有意思的人生之趣。

风景

——抗疫小诗之十四,重庆两江新区照母山森林公园

燕在呢喃
草正转青
柔风和顺
玉兰芳芬
烟柳　闲人　长凳
读书　抚琴　沉吟
心情
空气般清新
精神
春光般朗润
起身临水
平湖如镜
倒映繁花祥云
清清爽爽
干干净净
摘下口罩,微笑
呵呵
还是原来模样
生活有趣
人生温馨

(2020年4月25日)

金融界的 H 小姐说：学校陆续开学了，本以为你这周末的诗会追"抗疫开学"这个热点呢，结果我们等来了这首清爽干净的小诗！

Z 先生回了一首旧体诗《避疫》，闲情逸致，让我心生羡慕：

张公近辞丹凤阙，周末亲寻翠微宫。

隔窗云雾生衣上，卷幔山泉入镜中。

林下水声喧语笑，岩间树色隐房栊。

仙家未必能胜此，何事吹笙向碧空。

也有老友一如既往地调侃着我。W 先生说：仁兄把照母山描写成了神仙居住的美好地方，若那里因人满为患出了新冠病毒你可能有连带责任哟！

北京好友 Y 先生用一段哲思短语教育我：事繁莫慌，事闲莫荒。有言必信，无欲则刚。和若春风，肃若秋霜，取象于钱，外圆内方；戒不足则多言，定不足则多怒，慧不足则多虑；静可化燥，和可化凶，善可制恶，慈可求吉；人生最大的学问，就是分辨真假，存善去恶，无它；半句是非半生祸，一日清心一日福。祝吉祥！

有好友感叹：借时光之手，暖一树花开。美好的时光，诗意的世界，有趣的灵魂，这是温暖人生应该有的样子。

还有一则，是我加入的几个群里都在转发的信息。我不太赞成这样的搞笑方式，但也能够理解作者的心情。大概是因为美国老是不分青红皂白全面战略打压中国，作者心情不好，来这么一曲，把人见人恨的新冠病毒拟人化了，读者能从这病毒的喜怒哀乐品出一些中美对比中的感受、感想和感慨。犹豫了一下后,我还是把它抄录于后。估计,若干年后回头再看,它作为一个鲜活片断所蕴含的政治文化信息,会让后人在幽默中体会到人类命运共同体方面的严肃意义的。

《新冠病毒终于哭了》:

真后悔不该到中国来。在这里我实在是混不下去了,中国的山太多,什么火神山、雷神山、钟南山……;中国人太狠,说封城就封城;新疆人更厉害,就是地震了都没有跑出来和我亲密接触一哈。

中国的白衣天使太玩命,争着逆行,前仆后继,实在太厉害啦。

在中国,地不分南北,人不分老幼,全民皆兵,村村设卡,路路查验,市镇小区也不让进。流浪了几个月,又饿又累,好不容易找到一个美丽的城市,叫青岛的地方,刚坐下歇个脚,谁知这里人更狠,直接封城,铺天盖地追杀,地上人查核酸,三天就查了八百多万人。地下撒药,连下水道都不让我待。

实在没有我的容身之地!

呜、呜、呜!中国,我走了,走了,走了,永远也不想再见你们了,永远再不来中国了,并会告知我的同伴们,都要远离中国!

中秋夜

今夜
无雨无月
漫天雾气
不甘
敛声屏息
终于
那轮月亮升起来了
天地之间
一丝一缕的空气
都是一颗一粒
团团圆圆的光子
平和美好静谧
弥散着经不起等待的
相思

（2020年10月1日示弱斋拾句）

Y女士说：中秋月明诗韵长，清光斜洒最相思。

Z先生幽默中透着俏皮：那轮月亮升起来了／轻盈月光／掠过人们的脸庞／雾时间／相思／在心头荡漾／她／还好吗。

Q女士则是用了大科学家霍金"遥远的相似性"观点来新解相思之情：关于相思的理解——人世间最让人感动的是什么？霍金认真思考后回答说，是遥远的相似性。他说，量子力学里的量子纠缠理论认为，两个粒子在经过短暂时间彼此耦合后，相距无论多遥远，其中一个粒子受干扰发生变化，另一个粒子几乎在同一瞬间也会发生变化。相信那轮月亮升起来时，那遥远的相似性就是相思的相似性。谢谢你，愿岁月静好百事遂愿，愿红尘归来你我仍是少年！

有的则是"以小见大"，小诗触发了多位朋友那浓得化不开的家国情怀。很典型的是学者型官员Z先生，他填了一首气势宏阔、正能量满满的词，《如梦令·庚子双节》：

环宇疾风雷动／四海波涛汹涌／国庆乐中秋／万众放歌欣颂／逐梦／逐梦／华夏腾龙飞凤。

很有意思的是W女士转来的一篇短文，《美国总统史上的庚子年》：

美国建国至今共经历了4个庚子年。180年前的庚子年，哈里森当选总统，就职典礼时外感风寒得肺炎身亡。120年前的1900庚子年，麦金莱当选总统，后遇刺身亡。60年前的1960庚子年，肯尼迪当选，后遇刺身亡。如今，2020又是庚子年，美国又竞选总统，特朗普参加竞选谋求连任；这年新冠肺炎大暴发，美国股市大崩盘。美国建国以来共经历了4个庚子年,每个庚子年都竞选总统。前3个庚子年当选的总统都意外身亡。今年是第四个庚子年,结果……不说拭目以待,难道都是巧合?

美国建国以来的前3个庚子年中,其时任总统真是那样的结局吗?没有考证,不好多说。但现任总统特朗普,确实在不遗余力地谋求连任,而且11月就将开始选举,可就在这个节骨眼上,10月2日,他自己发推特,说是他及其夫人都染上了新冠肺炎病毒。

这是真的吗?考虑到这个人反复无常、从不按常规出牌的"异",我的直觉反应是暂不能当真,说不清楚他又在玩什么花招呢。

几个小时后,我国外交部发言人和驻美国大使崔天凯相继向他及其夫人致以最良好的康复祝愿,我这才真的信了:特朗普夫妇确实病啦。

如果是这样的话,黑色幽默也没有这么搞笑的啊,这位最强大国家美国的现任总统特朗普,他唱的算是哪一出呢?

2020年初,世界出现新冠肺炎疫情以来,美国一些政客特别是特朗普的表现,真让美国神话在中国几近终结。

我赞成复旦大学张维为教授的观点,战"疫"于中国人来说,就是一场伟大的思想解放,在实践的反复检验和比较中,我们不再仰视,而是平视甚至在有些方面应当是俯视美国。

有比较才会有鉴别。处理这次重大疫情,特朗普作为国家元首,一度时期竟然片面相信所谓"群体免疫"和喝消毒水防疫这样的反智行为，戴不戴口罩，放任争论小半年，他自己也不相信戴口罩的科学道理，到如今自己被病毒感染，成了不戴口罩、不遵守保持社交距离要求的"反面典型"。医疗实力世界第一的美国，其现任总统咋就混成了这个样子呢？在战"疫"史上，还可能会有比他"现身说法"更鲜活、更辛辣的讽刺吗？

新冠肺炎疫情发生以来至今，中国疫情死亡是四千多人，美国死亡的是二十多万人。人权中最根本的是生命权，生命权都可以被无端剥夺和践踏，还奢谈什么其他人权？那叫草菅人命啊！

在我们国家，失职渎职等行为随时可能导致被追责问责甚至是终身追责。战"疫"以来，据新闻媒体报道，一个湖北省被追责问责的对象在3000名以上。美国呢？那些草菅人命的官员有被追责问责的吗？数量是多少？我一直没有看见过报道，看见的反而是美国"吹哨人"、防控首席专家福奇在惊呼自己和家人的生命受到了威胁。

互联网上有人说，人生如戏、全靠演技，特朗普现在正按其智囊团提供的"苦肉计"剧本在渐次表演，目的是要以其不幸感染又很快战胜病毒、奇迹般实现王者归来的英雄形象来宣示他必将带领美国人民实现美利坚的再一次伟大。这位74岁的老头正剑走偏锋，几近是孤注一掷放大招、出奇招，意图打退有效攻击他抗疫溃败的强劲对手、民主党人拜登，挽救他那已遥不可及的连任目标。

不管怎样，不出极大的意外，特朗普会很快康复的，康复后不出极大的意外他会全身心投入白热化的连任竞选的。在战"疫"的那些事情上,中美之间的博弈也肯定还会持续进行下去。作为东方的一位吃瓜群众,我个人认定,这位奇葩的美国总统是观察美国政治的一个宝贝级的活标本,自己乐于搬一只小板凳坐着看,继续"领教"特朗普的精彩表演。

也许,看得高兴了,我也可能会为特朗普写一首小诗的,当然,大概率不会是关于中秋团圆和相思的。

地久天长

无须想起,每周一聚,周末都会与亲朋好友相逢在"每周一歌"里。每一首诗都是由我写,由亲友们修改完善的。它们比花香,因为情谊的种好;比树高,因为情谊的根深;比酒美,因为情谊经过了时间的检验。愿我的亲朋好友都活成自己最喜欢的样子。荼蘼花果,不是相思,胜似相思

致京津沪诸友

谢谢你
谢谢你的鼓励和嘉许
周末的几行押韵文字
算不上好诗
心底飞出这些个小天使
活泼泼亲吻你的手机
致敬友谊
拥抱情义

感恩有你
自然亲切
爱你敬你
珍惜相知
问候使平凡变得美丽
惦记让庸常有了诗意的栖居

这漫山遍野的荼蘼花哟
秋风起时
它会结出红亮的果子
不是相思
胜似相思

(2018年6月28日于秀山川河盖景区星空酒店)

这首诗，是献给当年一起到德国考察学习的各位同学的。

受益于组织安排，2008年自己有缘与一批领导和同事共赴德国参观访问。其后的12年，我同其中部分同志还保持着较好的联系，算是自己平凡人生中的一件幸事。

这批长城内外、大江南北的业界精英，如今大多走上了更加重要的领导岗位，个别已从省军职岗位退休。

事非亲历不知难，但可以想象，宦海沉浮，每个人的辛勤付出都不会寻常，我发自内心地尊敬他们、恭喜他们、想念他们、祝福他们。

天津的A先生，说话幽默如他的老乡相声大师马三立，待人接物和生活小事上如同我们身边的活雷锋。当年出国，组织分配我俩同室共寝，他年龄比我小，却反过来常常给我这个少有出国的"土包子"诸多关照。记忆犹新的是，每到一地，吃喝拉撒睡，他都任我优先，一路下来，我占了人家不少便宜啊。这些年来，因公因私，彼此也互有访问，每一次都相谈甚欢，分手时总是依依惜别。前不久，通话中他还说一定要带夫人来重庆，还要同我一起去我的成长地重庆秀山，无奈计划赶不上变化快，现在他又进步了，已走上更高领导职位，肩上的担子更重、责任更大啦。我问他，那说好的一家人来重庆走走看看，这话还作数不？他坚定地说，一定要来，但在可预见的较短时间内，够呛！

说话这么滴水不漏的，我在心里犯嘀咕：他有可能去外交部工作吗？

北京的X女士、H先生、S先生、X先生、L先生、Z

先生等，都是我的好领导、好同事、好朋友，与人为善，乐于助人。细想起来，自己几乎每年都在给人家找麻烦，代请专家学者讲课、著述出版、文章把关，等等，他们几乎都是有求必应，且实效还好，有时候着实令偏居西南一隅的我唏嘘不已。

应 X 先生的邀请，我们一家还利用假期专程前往拜访。身为首长的 X 先生慷慨拿出一天时间，自掏腰包亲自陪同，请我们一家人吃饭游览，真是温暖人心的快乐。当年去德国，他是职级最高的同学之一，却降尊纡贵，礼贤下士，我在《若有所思话德国》书中所用的照片，一半左右是他亲手拍摄的。这些年来，他也偶尔写诗，相互唱和，对我毛手毛脚写的新诗，他一直是诚于嘉许、宽于称道，有力地鼓舞着我。

X 女士很忙，但看了一组我发给她的秀山川河盖景区照片后，说已作有计划，下定决心要抽出时间去实地看看。

还有另外一位好兄弟说，他要带着自己心爱的跑鞋试步川河盖的天路，在云端花园的森林步道上跑"半马"，享受那里醉氧的感觉。

好嘞，来吧，北京、天津去重庆秀山的川河盖，飞机加汽车，200 分钟左右即可搞定。我对诸位好友说：时间不是问题，关键看有无依法请假休假的决心，有无驾驭一个普通周末的果敢魄力！

很珍惜同这些睿智、诚挚之友的多年情谊。

发自内心地欢迎他们更多地来重庆、来渝中半岛走走看看；当然，也热烈欢迎同去鸡鸣三省、五族杂处的秀山边城，一起去看看堪比当年所见的阿尔卑斯山的川河盖景区。

　　时刻准备着，盛情迎嘉宾。

相信

——献给至爱至亲的七九林

人生
是一场愉快的旅行
最开心的是沿途赏景
最珍贵的是造景暖心
我把爱都献给了你啊
七九林——
我的至亲我的神

这里的土地如此丰腴
就像那个夏天美丽的愿景
那是流年深处的伊甸园哟
请相信
七九林梦想的种子
已扎下了深根

这里的雨露如此晶莹
就像那个夏天纯净的曾经
那是青春之河涌动的清流哟
请相信

七九林童真的初心
正节节攀升

这里的空气如此灵性
就像那个夏天温婉的长信
那是青涩圣洁的芳华哟
请相信
七九林翠绿的枝叶
将长成莽苍的森林

这里的阳光如此朗润
就像那个夏天那双眼神的深情
那是滋心润肺的甘泉哟
请相信
七九林勃发的生命
将永远年青旺盛

不需矫情
我们已不再年轻
但那颗心
仍然是当年一样的兴奋
十里草海郁郁青青
请相信

七九林的品格
忠贞不渝　从容坚忍

不扮天真
额头已布下光阴的年轮
但那翩然的身影
仍然像当年那样坚挺
世界桌山大气方正
请相信
七九林的追求
抓铁有痕　踏石留印

不言潇洒
出走半世一身风尘
但那种爱
仍然深永虔诚
川河云霞梦幻迷人
请相信
七九林的坚守
百折不挠　精彩纷呈

不说浪漫
归来少年心有伤痕

但那份情
仍然温暖如春
云端花园百媚千红
请相信
七九林的抱负
天风海涛　豪气干云

感谢今夜苍穹的澄澈
遥远的记忆竟这般贴近
书院井水从心头汩汩流过
我听见了
悠悠百年钟声
还有紫荆开花的音韵

感谢今夜月光的温馨
模糊的影像竟这般分明
楠木参天
白鹭翔集
我嗅到了1818年桂树的芳芬

呵呵　同学
今儿个真是缘分
二〇一九——爱你永久

七二〇——去爱你
那些年的一瞬
暖爽铭记于心
请七九林作证吧
海内存知己
天涯若比邻
你的出现陪伴我的旅程
我的存在守护你的一生

呵呵　同学
二〇一九——爱你永久
七二〇——去爱你
不是血缘上的一家亲
却是基因共同的七九人
请七九林作证吧
长路献给远方
远方花香满径
生命融入森林
森林辽阔无垠

人生
是一场愉快的旅行
七九人——七九林

人是树　树是人
江河湖海　日月星辰
我们追梦
我们感恩
我们奋斗
我们憧憬
请相信
因为——
我们都是七九人

（2019年6月25日）

（一）

　　这首长诗，是应部分同学要求为纪念我们高中毕业40周年创作的，半个月内，八易其稿后完成。

　　我的老师L先生等及众多同学、朋友参与了修改完善。

　　我们上初中时，学校统称为秀山县第一中学，初二以后，改称中和中学。追本溯源，中和中学的前身，是始建于1818年的凤台书院，该书院后来成为1736年始设县治的秀山县域内的第一所近代意义上的学堂。诗中提及的楠木、紫荆、桂花树和老井等，均属已客观存在200年以上的"老物件"。

　　其实，还有未曾提及、其本身价值和人文含金量更高的书院校舍。那是 200 年前的先人们，用上等松木和楠木为主要建筑材料，完全不用铁钉，而仅仅依靠民间能工巧匠的高超榫卯技艺建成的 占地面积 1.23 万 m^2，四进四出横七天井的四合院。

我们中学的青葱岁月，就在那古老的书院里度过。

其规模，作为一所中学校舍，在全县甚至重庆全市它应当是当之无愧的唯一，没有之二。万分可惜、于今想起仍隐隐作痛的是，后来它突然一夜之间被拆除了，取而代之的是让人无语的新校舍。

在拆与不拆的过程中，我们曾找过相关单位相关负责人，作了力图保护的呼吁恳请，但在我们认为凤台书院将安然无恙时，它因鼠目寸光的政绩冲动而被彻底摧毁。那座不可再生、不可复制的书院，从此了无踪迹，仅存的几棵老桂树失去了原先的那方水土，显出营养不良的干瘪，尴尬地伫立一隅，仿佛日夜不停地诉说着历史的遗憾。

恩格斯说得好，人们创造历史的活动，如同无数力的平行四边形形成的总的合力，它是许多单个人的意志和力量相互作用的结果。历史进化到了今天，相信那时的当事各方应已从这件不该发生的事中领受到了惨痛的教训，领受到了深刻的教育。今后，想来我们每个人都会对老祖宗留下来的好东西更加敬畏、更加珍惜，但愿我的故乡不会再发生这样令人遗憾又无从弥补的坏事了。

（二）

这首诗因"反映了共同心声"而在同学群里引发共鸣。

厚道的同学们考虑到作者辛苦后对表扬的渴望，所以群里的发言大多不吝表扬和鼓励。

当医生的 A 同学说：这首诗太亲切了，读着读着，我全身起鸡皮疙瘩，血流瞬间加快，感情像汹涌的波涛。它适合朗诵，但不建议由太多人来朗诵，一男一女两个人，最多四个人足够了。我已朗诵了一遍，热血沸腾！

加拿大的 C 同学说：情感丰富，语言优美，激情充沛，令人振奋！

北京的 W 同学说：好诗！大气磅礴！抒发了同学情、故乡情，以及革命者永远年轻的情怀！晚会上你打算以什么形式呈现这首诗歌？如果是由几位同学与你一起朗诵的话，我有个不情之请，我想参与其中！

做教师的 Y 同学说：细细慢慢地品味，心里荡起淡淡的伤感，不由得滑进那逝去的岁月，去重温曾经的童真，感受少年的情怀，回眸历经的挫伤和奋斗的艰辛与成功，凝聚做人的信念，追梦，感恩，奋斗，憧憬，生命不息，追梦不止。

A 同学又说：再三品读，越读越觉得写得好啊！从同学时的温情，到现在的豪情，感情转换一气呵成；从过去的回忆，到现在的展望，时间转换天衣无缝；从当年的温暖校园，到现在的川河云霞，地域变化的描写毫无间隙，所有这些都用"七九"这条主线来贯穿，看似不相干的校园——川河盖，跨越 40 年时间和 1000 米的海拔高差，用满满的同学情紧紧地连在了一起……

重庆主城的 H 同学说：我喜欢第一稿，更写意，余味无穷，整个诗篇更融为一体。第二稿，加入过去的回忆，但感觉有点牵强，弱化了整首诗的温情。也许像我们女同学买衣服吧，第一眼看上的就是最合适的，后面的，选来选去，都不如开头的那一件好！

还有比我们大几岁或小几岁甚至是下一辈的朋友，他们说，看了或读了一遍两遍后有泪目之感，好几位说得直接明了：我为你们和我们的同窗情谊已泪流满面。

美国的 P 先生收到我发去的国家一级导演、著名语言艺术家 Z 先生朗诵的音频时，正在柏林开会。他很兴奋，称赞诗和朗诵都很好，好多年没有欣赏配乐诗朗诵了，一连听了好几遍，找到了感觉，他向我表示祝贺和感谢。

写到这里，我自己也有点感动啦，感谢每一位同学、每一位朋友的关心和鼓励！

此时，我想起另外一位好朋友对我的鞭策：一个人写一首好诗并不难，难的是一辈子写下去。有点尴尬，我真的穿上了他给的魔鞋而必须舞蹈下去吗？

这哥们，如此激励我，不厚道啊！

（三）

感动之余，再次翻看手机，见到韬奋奖荣获者 C 女士对七九林碑文的点评：

一方水土养一方人，秀山的凤台书院人杰地灵，百年积淀泽被后世！四十载同窗毕业纪念，感恩时代、恩师、同学，感慨四十年同学天各一方奋然前行命运各异，感动即将到来的激动人心的见面，心潮起伏，夜不能寐，可想而知！

碑文短小精悍，感情真挚，语言精练！实为好文！谢谢您提前让我欣赏，预祝毕业纪念聚会圆满成功！

我回应她：谢谢鼓励，我一定好好工作！

C女士夸我们她真是看准了，我们的"七九林"及其碑文确实是有故事的。

2010年7月，即我们中和中学1979级高中毕业30周年时，同学们自费购置树苗，在县城那曾洒满我们少年时代欢声笑语的凤凰山麓植下了一片林，并立下一块"七九林"石碑以示纪念。现在，那里已是一片林荫，成为今天的凤凰山国家森林公园4A级景区的一部分。

这次40周年同学聚会，在作了较为充分的讨论后，大家还是觉得建设美丽家乡、美丽中国需要我们继续义务植树造林。于是，选择了川河盖上的一小片区域作为目的地。同学中的大哥Z先生，以他天才的想象力出了一个足以让我水土已经严重流失的头顶植被更为稀疏的"馊主意"：由我执笔，为这次同学聚会写一段纪念文字，须在300字内，且要体现我们79级1班和2班等核心要义。

这样的"命题作文"，有点"高科技"的挑战。

还好，没有辜负，在同学们表扬为主的激励下，我乘势而上、乘风破浪，掉了若干根珍贵的头发，较快地完成了任务，并经老师和同学们集体审改，形成全文如下：

公元1818年,凤台书院设于秀山县城。白云苍狗,代有变迁,1975年始称中和中学,1979年我们于斯毕业。

七九芳华,温暖人生。我们是改革开放伟大时代的受益者、参与者和见证人。感恩惜福,为祖国和家乡,为母校和老师,为同学和自己,我们倍感自豪荣光。

高中毕业40周年,新中国诞辰70周年,双重喜庆,暖爽莫名。海内外同窗携手种下归来少年的美好愿景:年年植树,岁岁添绿,乡愁融入桑梓风物,深情长存七九林荫。

中国书协委员、年届九旬的刘林恩师书写碑文,中国美协著名艺术理论家画家、俄罗斯艺术科学院荣誉院士王仲乡友题写碑名,秀山华城公司鼎力相助,谨表谢忱。

中和中学高七九级同学
2019年7月21日

刚好,连标点符号在内,将近300个字。二,表文科班和理科班两个班;79,表1979级。

令同学们兴高采烈的是,短文内有关于我们秀山地域文化特质的一些创新性表述。

比如,"暖爽",这是一个包括《词源》《辞海》在内的任何工具书都找不着的崭新词。它的发音,源于秀山乃至渝鄂湘黔边区一带的万能形容字(词)——"卵",但其性质上已脱俗向雅,转义极具正能量:暖意融融、爽爽朗朗。"暖爽",积极向上又有点俏皮,奋发有为又不失幽默风趣,出走半世、归来少年,这是我们七九人的气质特征,夸张一点说,也算是我们七九人的精神标识。

有一位从小比较腼腆的男同学说，这个"暖爽"好是好，就是读起来有点"那个"。另外一位"搅屎棒"男同学马上给出极硬核的建议：

"暖爽"不能草率废掉，建议由在大学做博导的L先生作学术课题，交由1至2位博士生去考证研究，先弄清楚这个词是否合乎现代汉语构词法，然后阐述其民俗文化学意义及其可能出现的正负面影响，适当时候，再票决是保留还是废除。

硬核建议"暖爽"莫名，同学们报之以一片掌声。

有几位同学赓即起哄：希望早日看见L教授学生的专业论文，如果一切顺利的话，建议尽快申请国家专利！

同学们哄堂大笑，那笑声和神态，同当年书院里的那群少男少女一模一样。

男同学

原以为
流年会销蚀一切
包括过往故事
以及那些
深埋心底的美丽

殊不知
归来相聚
竹林芭蕉,烈酒细雨
那个遥远的苦夏
竟这般清晰真切
只是"三八线"后的谜底
仍然不知所以

翻花绳
再不见纤纤玉指

滚铁环的少年
已白了胡须

雾霭轻起
丝丝缕缕
若虔诚深永的思绪
无声叹息

（2019年6月30日于鹅岭公园瞰胜楼）

几位理工男、理工女对这首诗所作的议论充满奇思妙想，我钦佩不已，感慨莫名。

J先生说：这首诗对同学相遇时环境的铺垫和感觉的把握"细腻而准确"，但应该取消标题中的"男"字，标题就叫"同学"，更能表达男女同学、全体同学的"共情"。

F女士的建议是：应加一个副题——"致青春"。

L先生建议：这首诗可扩充改编为校园情景剧。

这些老伙计啊，大多是我小学、中学同学，只是到了高中后半段才各自东西，我学文科，他们学了理工科。这是咋搞的呢，"三十年河东"之后，这些理工科思维的老友对一首小诗的理解咋能做到远远超出作者创意的范畴？对细微情感的起承转合咋能把握得那么精准深透？

我好像突然有了顿悟：感性能力弱的人，幸福感就少，生活和生命的质量就差;感性能力强的人,幸福感就多,生活和生命的质量就好;一个人若有了科学精神,同时又拥有感性智慧,这样的人就一定会有更强的生活体验能力和对幸福的领悟水平。

我为这些成功实现文理科思维融会贯通的同学而高兴!

时代的进步让人振奋。如今,孩子们再也不会像我们当年那样在高中阶段就被迫分为文科生、理科生了。文理兼修,德、智、体、美、劳全面发展,综合素质不断全面提升,中华儿女必定是长江后浪推前浪、一代更比一代强。

完全可以预期,从我们的下一代起,在中国人的手里,所有的技术都会变成艺术,所有的产品都会变成作品,所有的劳动都完全可能成为幸福的体验和享受。站起来、富起来、强起来的中华民族,也一定会美起来。这一天,已经开始到来。

女同学

——同学聚会有感,兼答诸友「写了男同学为何不写女同学」之问

今夜
又见众星捧月的辉煌
举手投足
你自带光芒
英俊面庞
一如当年模样

好想同你说上几句话
好想依偎在你身旁
我却不能
她寸步不离
还有那么多复杂的目光

悄然隐退
如上次一样
没于黑暗
旷野中孑然彷徨

星月悲伤
泪流千行

深永之爱
更适合珍藏
藏在心底最深处
任何人看不见的地方
哪怕终有一日
寸断肝肠

（2019年7月20日）

在好友们热烈的评议中，我是洗耳恭听的学生。

C女士说：作为《男同学》的姊妹篇，这首诗同样细腻、准确、正向，且各有千秋！没想到一句玩笑话逼出你一首好诗来！

几天前，这位家学渊源深厚的知名学者看了我的《男同学》，即在微信中以鼓励的方式巧妙地给我布置了任务：既然写了《男同学》，就应该写一首《女同学》。

经不住鼓励，我便真的写了《女同学》。

Y先生说：情深诗纯，乐而不淫，好诗！

P先生说：衷情隐而不发，君子也。

H先生说：《女同学》比《男同学》更加隽永、更富情调。

深爱适合珍藏，独自泪流千行，哪怕寸断肝肠——好诗啊！

　　W 女士说：真是写出了广大男同学的心声！每位男同学心底都有那样一位女同学——美好犹如白月光。

　　Y 女士说：漫天星光不如她眉眼含笑，飘飘柳絮不如她恬静优雅，也许这就是记忆深处的女同学模样。

　　M 先生说：好诗，我得背下来；同时，个人建议不要藏了，再藏，机会就渺茫了。

　　M 女士说：细读这首诗，不知道会有多少同学彻夜难眠！少年的热烈情怀，中年的隐忍克制，让这首诗耐人寻味。

　　T 女士说：至真、至情、至爱，爱同学、爱亲人、爱朋友、爱故乡的山山水水。

　　也有朋友幽默地起哄，开我玩笑，善意地调侃和挖苦我。

　　Z 先生说：写女同学情感更真切、笔触更细腻、表达更动人，体现了作者情窦初开好年华，不忘初心述衷肠。

　　X 女士说：这首诗又要让好多女同学想入非非哟！

　　Z 女士说：哇，写出了多少男生难以言表的心声！好幸福的女同学，有男生如此牵挂，此生何憾！

　　Z 先生说：写男同学是障眼法，用了美丽的羽毛，其实是想女同学看见，特别是喜欢的。写女同学是隐喻法，多巴胺的芬芳，就是别让男同学识破。

　　别有情趣的，还有当年北京集训时的同室好友、吉林大学博士 W 先生同我的一段聊天记录。

　　W：这首小诗写得真好，细腻又深入人心。

　　我：说到你哥哥心坎上了？不可自作多情哈。

W：我们明天也是同学聚会，现在正聊呢。想写点啥，可我是什么也写不出了，江郎才尽也。

我：我这不正是在为你当秘书吗？

W：我毕业早，那时哥不懂啥，等我上大学有想法了，又特么晚啦，不幸啊。明天让出节目啥的，我就朗诵你写的这个吧，让他们心惊肉跳！

次日晚上的聚会，他是否朗诵了这首小诗，他没说，我也没问。就那么点事儿，说了有如风吹过，没必要像这位博士官员写专著作大报告一样严谨缜密，更不要老想着会有多少他当年的女同学一直在为他悄悄流泪——管得着吗？

衷心祝愿W君、嫂子及全家：身康体健、万事如意！

川河盖之夜
——于重庆秀山川河盖景区致千里兄

朋友，今夜
就在这里等你
川河盖景区
陪伴我的
是甜润微凉的风
还有伸手可摘的星月

渝湘交会的高原
二十八平方公里台地
拔地而起三千尺
横断南国
遗世独立
只是此时
看不清楚它
四周绝壁
以及
诺亚方舟般的神奇

洪荒，沉寂
原野
若即若离

夜色
无边无际
时间一样的空空如也
像极了
深沉的遗忘
和含蓄高贵的记忆

把世界还给世界
我只属于自己
川河盖之夜
唯愿成为
朗月下的一丝清风
抑或百草香
若有还无的气息

（2020 年 5 月 1 日）

这首诗是献给好朋友 X 先生的。它同《珠穆朗玛峰》《樱桃芭蕉》合成一组诗，于 2020 年在北京获得由中国散文网等单位合办的"第七届中外诗歌散文邀请赛"一等奖。

2020 年五一节放假前，相约 X 先生同上秀山川河盖，白天共听鸟鸣，晚上同数星星，一起度假休闲两天，可他因公而未能遂愿。

5月1日当晚，星光辉映草海，在恬适草香的氛围里，我写下了这首诗的初稿，次日晨改定，先是发给了X先生。

他很快回了一个"哇！"字，紧跟着是愉快、大笑、点赞、玫瑰各三个表情。他说："精彩，这首诗写得太棒了，既大气洒脱，又细腻含蓄，画面感超强！"

X先生一家三代都是全国名校出来的理工科高才生，国学底子也足够厚实，业余都喜欢读诗写诗，其母亲当年还是某百年军工企业诗社的召集人。近几年来，他们家里的人有时会一起讨论我的小诗，讨论后会形成点评发给我，特别是他母亲的一些点评，令我感触颇深，对我帮助很大。

市场经济环境中，人生的路上能够遇上纯净的友情，绝对堪称赏心乐事。这应该成为所谓成功人生不可或缺的"标配"要件。这样的友情在心里长期发酵，由量变到质变，自然会生发出歌颂友情的诗句来，这样的诗句，也自然会生发出余味无穷的人生之趣，而且常常会产生"一加一大于二"的效应。

小诗触发了另一位我同样尊敬的好友Y先生的诗情，他的诗写得比我好，给我的假期增加了快乐：

川河盖不遇而唠叨

（"五一"假日拜读张刚兄大作，因未至而神游，故凑几句以闹闹。见笑于张刚兄）

川河有盖冠秀山，横绝渝湘自勾连。
茕立千仞眷乡舆，沃野万顷膏民贤。
行旅放歌动台地，纪张走笔落玉盘。
欲趋近咫钟神韵，终惭形愧迟疑前。

Y先生是从大学调入机关的学者型官员和"官员诗人"。他博学笃志，睿智敦厚，于我而言，亦师亦友，有时相互间免不了幽上一默。当天，彼此间便有如下微信往来。

　　我："勇哥旧体诗水准极高！没法，只好改天请您小酌啦。"并发去一组乡土味道浓郁的民俗照片。

　　他："很美很惹人！"

　　我："一切如人意，就是酒喝不下去。知道原因不？"

　　他："陪你的朋友不够多！"

　　我："勇哥不在现场。"

　　他大笑。我补一句："关键处只需一人；但您不在，反正喝高了，我就自告奋勇代您敬在座诸君各三杯！"他当然支持，反正他不喝酒。

　　其实，当晚我并无应酬，孤零零地在家吃饭。经常被他欺负，这一回，应该算我胜他半子啦！

　　小诗还撩拨了大洋彼岸哈佛大学讲席教授Z先生和芝加哥大学讲席教授P先生的思乡之情。他俩都是我尊敬的少小时候的朋友。他们想家啦，我便乘机建议他们再次回国回渝回秀山，来切身感受中华大地翻天覆地的新变化。

　　P先生说，他为期十年的签证过期了，正在重新申办，要一年左右才能办下来。本想向他开口问一问美国的行政效率咋那么低，我知道他对特朗普也没什么好印象，但考虑到美国尽管拼命"甩锅"中国，可它因新冠疫情正处于水深火热中，而且明尼苏达警察"跪杀"黑人引发的抗议正持续升级，不知咋搞的，话到嘴边了，我还是忍住了，没有说出口。

我给 P 先生发去了一组乡土秀山的风景，包括他和我及小伙伴们当年一起玩耍的西门桥下的沙洲、梅江河畔的码头。他看罢大呼过瘾，专门用土得掉渣的秀山土话在微信中说感受，我们都感到特别的亲切和巴适。

友情乡情，真是酒一样的好东西，时间越长越有味道。

我在心里对他们说，川河盖之夜真的很美，空气很甜，月亮很圆，我愿与每一缕清风、每一丝草香一道，在那里等国内的 X 先生和国外的 P 先生、Z 先生到来。

海螺沟冰川

——与成都友人「君夫妇于贡嘎山东坡泸定县磨西古镇

我来与不来
你都在这里
高峻峡谷间奔泻
悄无声息
却轰轰烈烈
300万年英姿
沉稳大气
瑰丽神奇

庆幸未曾失之交臂
今日终得与你相遇
好想化作
一朵贡嘎雪花
融入你
日照金山的晨曦

雪谷温泉的氤氲
抑或
苍莽森林里
一颗晶莹的露滴
愉悦自己
且温暖游人视域

（2019年5月3日）

平生第一次见识冰川，就是眼前这300万年前形成的青藏高原东缘的贡嘎雪峰下的海螺沟冰川。

冰川令我震撼，我把小诗献给冰川。其实，同样震撼我的，还有海螺沟冰川公园那天日照金山的壮美景象。

当地一位朋友说，来这里能遇上不下雨，你们就不算白来了；来这里能看见日照金山，你们就会福星高照了。他的话激发了我们热切的向往和期盼。

进入公园，天公作美，真还没有下雨。迫不及待的人们都找了上好位置，凝神屏息，目不转睛，仰望着云雾弥漫、混沌迷茫的天空。

运气太好啦，只过了约莫几分钟，我们头顶的正上方便梦幻般绽开一丝瑰丽的光亮，那一丝瑰丽光亮从容而有力地延展，散成一条极其绚烂的金线，金线急速扩张，仿佛在天地间开启了大幕，瞬间，云开雾散，灿烂无比的霞光洞穿长空，巨型聚光灯般投射周边，数十座海拔6000米以上的雪峰魔幻似的轩然霞举，美轮美奂，在兴奋莫名的人群中溅起一片惊呼：

雪山、雪山！金山、金山！

我出生在海南文昌，长大在重庆秀山，在群山般奔涌的海上，在海浪般舒展的山中，都欣赏过日出日落，但从未见过如此洁净、清丽、明亮的朝阳，从未见过如此巍峨、雄浑、壮美的万年雪峰，更从未见过光芒万丈的朝阳和银光闪烁的千年雪峰交相辉映的如梦似幻的辉煌！

此时，皑皑雪峰下，苍莽森林间，弥漫起了银白色的云雾。它们时而如玉龙飞天，气势磅礴地翻滚向上；时而如仙女下凡，云鬓花颜，轻歌曼舞。那云雾聚散处，雪谷里的露天温泉池已有健硕的男女在开心沐浴，虽看不真切、听不明白，但从偶尔传来的欢歌笑语中，我强烈地感受到了日照金山的美景下，那些快乐的沐浴人对海螺沟冰川的激情热爱和浪漫情怀。

那一刻，在场的每一个人都变得格外的年轻和可爱。

所谓老夫聊发少年狂吧，我也脱去了厚重的棉大衣，兴奋若小孩般东跑西颠，大声嚷嚷，请别人为我们照相，我也为别人照相，在奇妙的美景中，与众多互不相识的朋友共享一片欢乐时光。

感恩大自然的神奇造化，感谢在海螺沟冰川之行遇到的那些乐达干净、友善有加的当地朋友！

刘林老师

——2019年10月28日，师母张清冰电话告知，中学恩师刘林先生已于十天前辞世

来了要回
苍天法则
无奈
我只能
独坐一隅
默默流泪

您已远去
阴阳阻隔
漆黑
一如我
痛彻肺腑的心绪

想您
想我们之间的距离
遥遥迢迢的路啊
其实
只隔着一层磨砂玻璃

> 这面
> 我把您藏在别人
> 不能到达的心底
> 那面
> 我只想做您
> 不再操心的学子

时近中午,惊闻中学恩师刘林先生去世,我禁不住泪流满面。

独自窝在办公室半小时后,来到中学同学群里,向大家作了通报,写下了这首小诗。

同学们感叹唏嘘,对88岁老先生驾鹤西去深表哀悼和缅怀之情。

刘林老师是原四川省涪陵市(现重庆市涪陵区)蔺市古镇人。1920年夏,其父刘辉训与同批进入重庆留法预备学校学习的邓绍圣(邓小平叔父)、邓希贤(邓小平)等一道,从重庆出发经上海赴法国留学,其后却走上了一条不同的人生路。1949年新中国成立后不久,其父跳长江自尽。

在那样的时代背景下,这种家庭出身的刘林老师于"文化大革命"期间从吉林省长春市调回了四川(当然,还有一个理由是解决"夫妻分居"问题),分配到远离省会成都1000公里外的"老少边穷"的秀山县第一中学教书。

于是,他个人的不幸,成就了我辈的有幸——我和我的一些中学同学有缘与他结下了一生的师生情。

刘林老师对于我们的魅力在于：是知识上的传授，更是成色足够的知识分子人格的熏染；是琴棋书画的点拨，更是德智体美劳的培育；是行千里路、读万卷书的引导，更是"绿叶不忘根的情"家国情怀的陶冶。所以，今生，师生之情永记心底，来世，我还愿做刘林老师不再操心的学生。

刘林老师的小儿子刘洪涛看了这首诗后发来微信："若您需要，我把父亲的日记整理后寄给您。"我回复他："谢谢洪涛兄弟，我会倍加珍惜的。"他说："张刚哥，这段时间有点忙，春节假期我来整理，整理后再寄给您。""谢谢张刚哥，明年清明，火化此诗，以寄张刚情意。"

洪涛兄弟的意思我明白，他会把这首诗抄录好的，来年清明去扫墓，会以他认为最好的方式代我寄托哀思和感恩的。

谢谢洪涛好兄弟！

我也会尽快去成都到刘林老师墓前祭扫的。

偶遇

一片枫叶
微风中摇曳
怔怔地与我对视
好像道别
又好像在预约
弄不懂确切含义
弄得懂友善和爱
必须珍惜
鞠躬,敬礼
轻轻离去
草木黄落的小径
响起吱呀吱呀的韵律

(2020年10月24日于南川山王坪神峰岭森林小径)

W 姓大姐的反馈比诗精练，就一个字：情！

是的，我也相信那句话：一切景语，皆是情语。

美好的情愫应当倍加珍惜，无论是人与物之间，还是人与人之间，那份情愫，比黄金可贵的。

小师妹 Y 女士说：人在秋光中，心在最好处！

我赞成她的观点。人生壮年，心在最好处，就应该是看穿看透。不看淡世态人心，就应该更诚挚、更朴实、更友善地面对世界，凡事设身处地替人着想，善待他人，善待万物，赠人玫瑰，手留余香。

我感到高兴和满足，朋友们与我共享的诗歌体验、人生体验真正是各美其美、美美与共。

T 先生说：诗人走过，我听见黄叶堆积的小径响起了美妙的歌声。

D 先生说：分享这些诗句，光阴柔软了，岁月温存了，真好。

H 先生说：随风摇曳的枫叶，诉说的是我们将会见面的预约，尽管我在成都。

C 先生说：太美的诗，我在乌鲁木齐触摸到了那片情深义重的枫叶。

W 女士和 H 女士几乎说的是同一句话：一半春天一半秋，一半青翠一半红。诗心浸润，草木有情！

Z 女士说："鞠躬，敬礼／轻轻离去"——君子之风，令人感动！

Z 先生说：请允许我把你的这首诗赠送给我的一位朋友。

我回：OK！

执念

所有的花香都是纯洁
所有的纯洁都是粉底
你才是美丽
所有的过往都是记忆
所有的记忆都是珍惜
你才是唯一
所有的遇见都是路过
所有的路过都是喜悦
你才是目的
所有的虚拟都是真实
所有的真实都是故事
你才是传奇
今夜
万籁俱寂
不见朗月
天边

只有寥落的星辰
以梦为马
还在无声演绎
那些
历久弥新的美丽

（2020年9月18日照母山公园子夜时分）

  这首诗写于2020年9月18日子夜，修改于次日晨，发给朋友们是当日的8时左右。
  以收到反馈信息的先后为序，摘录部分朋友的感受和评论，加上自己的"活思想"，奉献给读者诸君。
  H先生说：在诗人眼中，所有的花香、所有的过往、所有的遇见、所有的虚拟、所有的一切，都不如诗人心中的那个"你"，因为，只有"你"才是诗人心中永远的执念。现实也好，梦境也罢，"你"才是美丽、才是唯一、才是目的、才是传奇，"你"才是诗人心中永远的牵肠挂肚！
  这位兄弟是我的同事，他关于执念中的"你"的见解比我想表达的深透。自己看了一遍诗，再看他对诗的点评，没有想到他在这方面竟这么厉害，忍不住在微信里向他敬了一个表情举手礼。
  C女士说：排比手法，环环相扣，将意境和意念融为一体，给人以美感和无穷享受，好诗！

是这样的吗？我不敢确定。

当时，只是懵懵懂懂地写，没想过技巧，其实也不太懂，"麻呵呵"地就混过来啦。但经 C 女士这一指点，回头再看诗的结构，真是用了几个排比，层层往前推，意境和意念确实也出来了。

感谢她专业、精练的点评，这也提醒了毛手毛脚的我，今后的创作中，要增强文艺理论意识，既知其然，也知其所以然，这对提高水平会大有裨益。

W 先生说：似乎是写给谁的？并伴有俏皮表情。

我答：自恋；副标题是致 W 先生，以及女同学。

W 先生回应说：该出手时就出手，风风火火闯九州！

我回了一个表情，同样洋溢着幽默感，那是以手护脸害羞状表情，那只护脸的手，5 个手指戴着 6 只五颜六色的大戒指。

真有几位朋友完全把这首诗当成情诗读了。一位朋友说："清风凉夏生笔意，风流风华皆是你。"当然，更多的朋友在更加"泛在"地评论这首诗。

有的说有些朦胧，有些唯美，有些梦幻，想起了当年青春时期的校园诗，"但它比校园诗多了哲思，多了深沉"。

有的说寂静的夜晚，寥落的星辰，以梦为马的心境，很喜欢这首诗。

有的说"好有情调哟"，夜半三更还在山上赏花写诗！

有的说能隐约感觉到作者是一个"灵魂有趣"的人。

有的说正在石柱的薰衣草花池，你诗中照母山的花香就飘过来了,"以梦为马,旷世美丽!"

　　有的说"固守着一份执念,演绎的才会精彩"。

　　有的说,何为执念?是一念花开一念花落,还是不忘初心方得始终?山重流水长,夜阑心梦浅,岁月的安然无处不在,总有人与你共清欢。

　　北京的 X 女士说:诗好,想发我的朋友圈,可否?

　　我回应:您说了算。

　　她发了。其后,还把她朋友圈中数十人的好评截图发给了我。我很感动,感谢她。她说小诗有情有义,确实好。我半开玩笑半认真地说:得益于 12 年前和包括您在内的各位领导各位同事一起参访德国打下的基础。

　　她没回话,可能因为忙,更可能嫌我扯得太远了;但我自己明白,当年写《若有所思话德国》,确实得到了她和几位同行的先生女士给予的指导和帮助。

　　Y 先生正在秀山川河盖旅游。他说川河盖的美超出了自己的想象,还发了一批专业水准的照片给我。与他同行的他的一位小学男同学是一位精通古文和英文的医学教授,写了一首古体诗《秀山川河盖》,同时转发给了我:

　　险矣川河盖,仰攀何郁盘。
　　青罗百折道,翠叠九重峦。
　　地圻秋声急,天荒暮霭寒。
　　临风无限意,老眼莫凭栏。

　　格律严谨,诗风老熟,沉郁中显豁达,谦抑中见雄阔,这是一位真懂律诗的老大哥!

另外一位好朋友 H 女士称赞我本周的小诗写得不错，同时通报了她新的任职文件到了，免原任职务的文件还没到。我热烈祝贺她，并开玩笑说祝愿她目前阶段既拿还没免职的那份职务工资，又可拿新任职务工资，好安逸哟。她说咋可能嘛，只愿等这段疫情敏感期赶快过去，然后请上几位老友小聚一次。

我问小聚是公款还是私费哟，她批评我太落伍了，说现在哪个还敢违规搞公款吃喝嘛。我便不假思索地果断回应：我要参加，不见不散！

桂花香
—— 诸好友于重庆照母山公园小酌记

时而遥远,时而贴近
时而清雅,时而浓郁
不经意
馨香四溢
驻足听
了无踪迹
无须折桂
就喜欢这种感觉
似乎模糊,却很清晰
有些陌生,又觉亲切
转身离去
又不舍谢辞
刚刚开始
初初相遇
美好
有时候无从解释

(2020年9月12日)

相约已有数月，却因种种原因一直未能小聚。很好，这个周六的傍晚，好友们终于遂愿。

重庆两江新区照母山公园细雨微风，清凉潮润的空气中，嗅着时有时无、时淡时浓的桂花幽香，品着几位朋友各自带来的"多国部队"式的杂牌土酒，花香酒香伴着醇厚舒爽的友情沁人心脾，每个人都是以过年般的心情参与其中，氛围轻松，其乐融融。

我注意到了，平时不怎么喝酒的绅士淑女，不管红的白的，都情不自禁地整了二两。

桂香的周末，美好的夜晚，情投意合、平时却各自东西的朋友们聚在一起，谈天说地、切磋酒艺，这可真不是抽象的，而是具体的、高品质的赏心乐事啊！

桂花树象征着崇高美好、吉祥情谊、高洁荣光，可谓香满天下、誉满天下。此情此景，叫我怎能不为它而放歌呢？受大家欢乐情绪的感染，我为友情写下这首小诗，并于次日一早发给了更多朋友，溅起一圈友情的涟漪。

有的说读后"有一种惊喜的偶遇"感，怅然若失后，若有所思。

有的说这首诗是"初恋的情语"，引发了自己对青葱岁月最美好的回忆。

有的说"无须折桂"写得好，"官当多大是个头、钱找多少是个够？""自己的人生感受好才是最重要的。"

有的说"未觉池塘春草梦，阶前梧叶已秋声"，感谢作者怀一颗温柔心让我们享受到了纯粹和唯美。

有的说不知道我的诗在豪放后面还有如此的朦胧婉约。

一位著名诗人很诗意地说：在黑山谷，正走过几十棵桂花树，芳香袭人，"原来花香是从诗里溢出来的！"

是的，诗香从花香来，花香从诗香来，诗和花、人和物友好互动，我们就能够创造出"诗意的栖居"般的高品质生活来。

送成都挚友

——明黄瓦，旋转梯，鹅岭公园瞰胜楼前话别蓉城 N 先生夫妇

瞰胜楼前
三盏浊酒
送别
情涌心头

寒蝉声里，欲说还休
红藕香残，欲走还留
分不清楚
不分清楚
恰似今夜的风和雨
恰似今夜的雾和愁

轻寒乍起
苍凉初透
莫道天凉好个秋
峨眉山月

在渝州
嘉陵江畔
涛声依旧

（2020年10月16日）

我的成都朋友不多，人却都很好。

很有意思的是，这些朋友好像都在响应中央关于成渝双城经济圈建设的召唤一样，近些日子以来，罕见地、一个接一个地或因公或因私来到重庆，给我打电话，弄得我跟过年一样兴奋。

国庆节前夕，资深老友W先生夫妇和X夫妇来了；今天，同样资深的老友Z先生夫妇来了；研究生同学G先生微信上已通报，他下周一至周五，要来位于九龙坡歇台子的中共重庆市委党校学习。

违规公款吃喝没门啦，但也不能学那种旧式成都人啊——请客吃饭，邀请时喊得很响亮，实则在响亮邀请中拒绝得客人打不出喷嚏来，你是不可能吃到他们家饭的，他在逗你玩呢（我常常这样开玩笑，幽默我的成都好友。每当此时，他们大多不争论，一脸谦逊、敦厚的笑）。

招待是一定要办的，或者用工资"硬刚"，或者拉上在重庆主城区的其他几位相关同学轮流坐庄。

昨天是周末，傍晚时分，秋雨若有若无，薄雾从山下嘉陵江漫上陡峭山脊，在鹅岭公园内一棵棵参天的黄葛巨树掩映下的菊展广场弥漫。

友情纯净，场景煽情，谁扛得住不发点感慨呢？应时就景，我便憋出了那么几句。

R女士说：明黄瓦，眉山月，嘉陵江。好美的意象。喜欢！

H女士说：好诗！有宋词迷人的味道！情深义重，美！

L女士说：浓情融化淡淡寒意，文字抒写深深情谊。

H先生说：诗人周边的一切，都受到了诗人此时心境的投射和熏染，难舍难离，难别难分。不管初寒乍起，无论苍凉初透，巴蜀挚友之间的感情，永远涛声依旧。

C女士说：古典与现代交替，情与景交融，真切感人！

G先生说：挚友间小酌话别，说不清道不明，也没必要说清道明，深情永留心间。这种友情，乃人生所幸、人生所求也！

北京的X先生发来其在某省金融单位挂职的银行家朋友的词，略显沉郁，却很美，《雨中花慢·过上庸》：

鄂西南国，冥鸿远水，依稀断瓦高庸。叹扬尘三度，凤去台空。一曲渔舟唱晚，几回枯蓼飞红。念蒙蒙零雨，兰成憔悴，铅泪金铜。

冯唐易老，羊县悲谢，牛山笑口难逢。怎比得，松涛鹤梦，樵径鹅笼。管甚虎龙燕雀，由他蜩鸥蒿蓬。千钟万事，醉时明月，醒后清风。

小师弟M先生说：不用诉离殇，痛饮从来别有肠。何日功成名遂了，还乡，醉笑陪哥三万场。

我的生命还可能有三万场吗？那样的话，真可能是人生从百岁开始呢!

　　谢谢小师弟的美好祝愿。我回了一个表情,澳大利亚草原的蓝天白云下,一只年轻的袋鼠用两只后腿支撑着身体,两只前脚在胸前作陶醉状挽圈,天真烂漫地笑着慢慢仰头望远方。

　　最俏皮的是H先生了,他说:我以为是成都那个大学的党委书记写的呢。我知道他说的是那位投水自尽的大学书记的悲剧。死者为大,不宜妄评。

　　写这诗的10月16日这一天,还有一件极有利于巴蜀两地的喜讯传来。

　　中央政治局审议通过了《成渝地区双城经济圈建设规划纲要》。这是国家构建以国内大循环为主体、国内国际双循环相互促进的新发展格局的一项重大举措。从沿海到西部内陆,国家在不断拓展战略回旋空间。这一重磅文件明确定位成渝地区是重要经济中心、科技创新中心、改革开放新高地、高品质生活宜居地,它的出台标志着成渝地区在全国区域发展中的战略地位进一步上升。中央特别强调重庆、成都两个中心城市的协同带动,强调着力提升重庆主城和成都的发展能级和综合竞争力,推动城市发展由外延扩张向内涵提升转变,以点带面、均衡发展,同周边市县形成一体发展的都市圈。

　　历史性的战略机遇就在面前。咋说呢?"兄弟齐心,其利断金",但愿重庆、四川的"兄弟伙"们齐心发力,交出一年胜过一年的成绩单,共同书写成渝地区双城经济圈的辉煌史诗,不辜负全国人民的期待!

表白

——渝中半岛WFC第79层会仙楼观景台。俯瞰雨雾中的梦幻之城，L先生说，他最喜欢这里的蝴蝶兰。我仿佛听见了蝴蝶兰对楼外的云在说……

你从哪里来
我要去哪里徘徊
你都这般悠哉游哉
想来那里
该是悠游的本源
你都如此自由自在
想来那里
该有好多好多
自在的精彩

可以想象
却不能去那里开怀
我只是一朵
不能飞翔的蝴蝶兰
你的到来
是我的安慰
我的满足
是你的到来

隔着玻璃
我不想过去
不想未来

只想你在
看着你
发呆

（2020年7月4日）

写这首小诗，有点"声东击西"。

2020年7月4日（周六）中午，我随几位朋友在重庆南山庆隆国际高尔夫球场附近游玩。有朋友用微信问我：今天星期六，咋还未收到"例行问候"？

我知道他的意思，人家有些不耐烦了，在催促我完成本周的"作业"，写小诗孝敬他老人家。

南山山麓的景色很美，三角梅开得尤其鲜艳，可不久前已写过三角梅了，不宜再写。咋办？想了想，便大胆决定运用合理想象，写一写渝中半岛的花卉。

几天前，我以前的一批同事去过解放碑环球金融中心360度的会仙楼凌空观景平台，那个平台是否有富于代表性和表现力的花卉？若有，写出来发给他们，那些朋友应会感到特别亲切，这也算作为老朋友的我向他们的美好致意。

于是，我拨WFC的董事长L先生电话，问他观景平台上有花卉否、他最喜欢哪一种。喝长江嘉陵江水长大的L先生是个大帅哥，当然高兴喽，耿直地对我说：花卉品种不少，最喜欢的是蝴蝶兰。

哦，这是一种高洁、清雅的名贵花呢。绽放于数百米高的楼宇中，隔着厚厚的玻璃窗，每天俯瞰两条大江和我们8D魔幻城市上空的云天，它可能会想些什么呢？

我以好奇之心，从蝴蝶兰"我"的视角入手写下了这首小诗，首发L先生。他热情赞扬写得好，表示感谢。我开玩笑说，不用谢的，这次是写"鸳鸯蝴蝶派"，下次写一个"金戈铁马的"。

我把小诗发给那批老同事以及更多朋友，朋友们的反馈就更有意思了。

Y女士说：昨晚边刷美剧边品诗，然后想了想，认为有必要由你带着我们去一次从未去过的环球金融中心的会仙楼观景台。

我也没绕弯子，立马回复：凭想象写的，不信您打电话问L先生，我还想上去呢。

有朋友说，这是"云之恋，浪漫、唯美"，"循环往复、余味悠长"；有的朋友不约而同地把它定性为"无可抗拒"的"情诗"，问我为何"思情"或者"情思"，等等。

他们讲的都有道理，都赞成；可我更喜欢另外两位朋友的点评。

W女士说："乐赏流云、闲观花开，细水长流、岁月静好。这首诗像童话一样美！"

S先生则是把最后一节录下来，还发于我，然后说他相信"爱情是男女之间的爱，友谊是朋友之间的爱，这几句话是互通的，会感动很多人的"。

是吗？是的，我创作时就是这样想的：

你的到来 / 是我的安慰 / 我的满足 / 是你的到来 / 真的 / 我不想过去 / 不想未来 / 只想你在 / 看着你 / 发呆。

初秋

阳光
朗润温暖亲切
大雁南飞
碧空如洗
芭茅草海
悄悄泛起霜雪
桂树和银杏
最初的金句
皴染着梦幻诗意
这个季节
安适又妥帖
"七九林"童话
正徐徐开启
斑斓辉煌
灵动绚丽
是浓情的告别
是憧憬的喜悦

（2019年9月21日于川河盖"七九林"）

陪一位老领导去秀山川河盖看了看,他印象很好,表示来年夏天争取再去。他是现职正部级,能够留下好印象,作为他的老下级和秀山子民,我当然很高兴。

因为高兴,很晚的时候,我还去看了与中学同学一起种下的那片小小的"七九林"。然后,凭着关于秋天的想象,也兼顾着为完成每个周末写诗的"任务",完成了"作业"。

21日是星期六,把它发给朋友们,已是当日晚上的事。

之前,已有N姓先生等几位老友催促,询问"这周的诗呢?""咋还不见响动哟!"弄得我有些心生愧意。但在N先生收悉小诗后打来电话说俏皮话时,我似乎突然一下子想明白了,然后毫不客气地批驳他:

这年月,好多道理不就是被你这种人搞颠倒了吗?明明是我在为你周末高兴那么一下子作辛勤劳动的付出,你应该感谢我、恭维我才对啊,咋搞成了我隔上一周写不出诗来发给你,你就可以发微信或打电话随便"理麻"我呢?哪个欠哪个你搞清楚没有哟?你这是完完全全把黄世仁与杨白劳的关系给搞颠倒啰!

这小子说:那就是这样呢,哪个叫你要写呢?既然开了头,就要写到底,缺一周,我们提意见;缺两周,我们要抗议!

我能够想象,电话的那一端,他那得意扬扬的表情。

讲不讲道理?讲道理;讲不讲道理?不讲道理。无语啊,这位老兄全身都是优点,就一个缺点——不能高兴,一高兴,就拿我开涮,今天他可能遇上高兴事啦。惹不起,躲不过,认命吧。

致初冬

谢了浓艳
别了光鲜
世界不再绚烂斑斓

素面朝天
枯瘦清简白淡
恰若人生壮年

北风吹散了浮云
你是我秋水伊人的落寞
我是你残菊傲霜的清寒

生命有缘,温暖遇见
春天有预演吗
爱在圆满和缺憾中延展

(2018年11月23日于重庆铁山坪公园)

我把初冬比喻为人生的壮年，洗去铅华，素面朝天，清瘦冷峻间，显出春、夏、秋所不具备的沉稳妥帖、示弱不争和静水流深。

秋水伊人的落寞、残菊傲霜的清寒都已渐行渐远，再往前走，就是寒冬冰雪。"冬天到了，春天还会远吗？"那么，眼前的冬景，会不会是春回人间的预演呢？

人与人之间、物与物之间、人与物之间，所有的生命都可能遇见。这种遇见，都应该是有如春天一场花事般的美丽和温暖。

但其间那些枝枝蔓蔓、剪不断理还乱、让人欢喜让人忧的复杂微妙关系，造成过多少林林总总的对立和统一、矛盾和妥协，衍生了多少大大小小的圆满和缺憾呢？

其实，我们的世界就是这样——在缺憾中圆满、在圆满中缺憾，因此，这个世界才蓬蓬勃勃地发展，直到永远。

问候

——两周未动笔，诸友惦记。写吧，有点累，却有一种被人需要的快乐

天气寒郁
问候是冬日暖阳
今夜晦暗
问候是朗月柔光
个个字符
朵朵迎春
在你我心头绽放
匆忙中一眼对望
彼此便心若晴窗
那一份惦记
腊梅花一样芬芳

（2019年1月26日）

"偷懒"两周，引来了几位好友的批评教育，总的精神是希望我"继续操练""每周一歌""坚持、坚持、再坚持"。广州的S先生说得更俏皮，"一个人写一阵子诗并不难，难的是一辈子写下去"。

说的都没错，只是真这样下去，我所剩不多的头发大概率会悲壮地掉光的，谁会有办法为我补差吗？

但在这方面，自己的脸皮和意志同样薄弱，完全经不住朋友劝，立马恢复"继续操练"，写下了这首小诗，并赶快表功一般地迅速发给了提意见的和没提意见的朋友们。

上海同行 Z 女士说：你的诗又出现了，感觉秩序恢复正常了。

天津的 H 先生说：等得好辛苦哟，今天可除去心头的雾霾，有了一扇晴窗。

也有朋友表达了殷切的希望和美好的祝愿。

同学 T 先生和同事 Q 女士说：如此诗意的你从事那样诗意寡淡的工作，钦佩；希望 2019 年的你内心依然清明、温和，有诗、有爱、有晴窗！

北京同行 P 先生说：你若安好，便是春风；你若安好，便是暖阳；你若安好，便是鲜花；你若安好，便是无瑕；你若安好，可走海角；你若安好，可赴天涯。

有似曾相识之感，但读起来让我感到很舒服。

写诗赠诗、互致问候，确实是互利双赢、互利多赢的好事情。

好像有人说过大意如此的话：一个人的痛苦如果由两个或更多的人来分担，痛苦就会减少一半或更多；一个人的幸福如果由两个或更多人来分享，幸福就会增加一倍或更多。

朋友每到周末向我"索要"小诗，不是因为诗好，而是一种心有灵犀的友善和幽默风趣的互动。兄弟姐妹间需要经常走动，久不走动也可能慢慢生分；好朋友间也需要加强联系，需要时不时地互致问候。这种走动、联系、问候，现在而今眼目下，我的个性表达方式就是写诗和赠诗。

想通了，我惹不起的兄弟伙们，你们逼我迫我逼迫我我也认啦，我会穿上"魔鞋"继续舞蹈，且尽量做到"每周一歌"，反正，你们不会计较我平庸文字的折磨。

立春
——向您和春天致敬

想你的时候
你也想我们
今晨
和风惠畅
花开无声
确认过眼神
读得懂深情
闹梅的喜鹊
摇响传灯寺的风铃
迎新吟唱
清纯又灵性
你是我景仰的神
我是这些字词的主人
愿它散作遍地黄梅
息息相通
心心相印
成全春天最美的风景

（2019年2月4日于重庆秀山）

2019年旧历是己亥年。己亥年的除夕与立春是同一天，千年少见。这天，我用这首小诗向亲朋好友们拜年。

这个日子是吉祥美好的。

上午10点左右，大我两岁的儿时玩伴P先生发来微信，他毫无疑义是我们当年那条街上最有出息的孩子，本科考上北大，后来去了美国，现在是美国芝加哥大学讲席教授，芝大《生物医学工程学报》主编。

他在微信上说，我的散文集《若有所思话德国》和诗集《黄葛树下》收悉，感到很亲切，并经在芝加哥艺术学院供职的嫂子之手亲自送达芝加哥大学东亚图书馆馆长Z先生。他附了两张照片，一张是远东图书馆中英文字样的牌子，一张是微笑着的Z先生拿着那两本书的半身照。

能够达到芝加哥大学远东图书馆的馆藏标准，当然是令我很高兴的事情，这是我几十年前同P先生及各位小伙伴们滚铁环、打泥巴仗时拼命想也想不到的事情。

我当即回了表高兴、激动、感谢意思的若干个表情。

P先生说，Z先生是北京大学77级图书学系的，一直是他们家的好朋友。他们认为书和装帧设计都很好，品位上乘。我说一定转达其对编辑们的赞扬，并说重庆出版集团在全国同行中整体实力名列前茅，我那小册子装帧设计实际操刀的大编辑在国内和国际都曾获过大奖，厉害着呢。P先生说，送他的两本书，已被嫂子和先后在麻省理工和牛津大学读书、现正在哈佛医学院实习的女儿拿走先看了，过几天，书退还了，他要去圣地亚哥，只好到那时再好好欣赏了。

我向他报告说，为《若有所思话德国》写序的林心治教授，当年由重庆主城区分配去秀山工作过19年，也是其父当年的好友。林教授曾鼓励我，要争取做到出一趟洋差写一本书，我也是暗自认同并下了决心的。可自2008年参访德国后，因多方面原因，自己一直没有出过国了，很可惜啊，不然是有可能多出两本走马观花看世界的系列游记散文的。

他则更希望我有机会去一趟美国，他鼓励我说，以我的经历阅历、文化修养、观察视角和文字驾驭能力，相信在美国能够写出有深度有特色的东西来。

小时候，他就老爱鼓励我，几十年过去了，到如今我正由大变老，他还在鼓励我。当然，这位哥哥知道我的弱点，我从小就服"扶"，多表扬、多鼓励，我就可能"人来疯"，若去上一趟美国，说不定还真会疯疯癫癫写出一些个性化的文字来的。所以，我也不谦虚，说但愿能够有机会"打望"美利坚。

用这首诗中的句子来表达心情，P先生算得上是我们那条老街、那座小城、那一代人所"景仰的神"了。我想着他，他也想着我，平时彼此互发的照片，都会作文字说明，特别好的都会珍藏。尽管相距遥远，但总感觉到芝加哥的密歇根湖与秀山县的钟灵水库在精神层面应是颇多相似相通的，凤凰山和梅江河作证，在那共同走过的贫乏艰辛而又简单快乐的少儿时期，"拉钩、上吊、一百年不许变"，我们早已确认过眼神，当然就懂得彼此的深情性。

一会儿后，他又发来几张图书馆的图片。那是芝加哥大学 REGENSTEIN 图书馆，看起来就像一摞排好的书。它主要收集文科类图书资料。远东图书馆在其中的五楼，主要收藏中国、日本、韩国和印度等国家的书籍。他说，20世纪80年代后期他刚到美国不久，经常在这家图书馆看与其物理专业没有关系的图书和资料，后来时间不够用了，才更多专注于专业领域的事了。

微信交流期间，我们两口子正同从成都来秀山和我们一起过年的 J 先生夫妇一起，应邀去离县城约30公里的乡下参加一个农民的家庭聚会。

我便对 P 先生说，正在去访问秀山川河盖脚下一个了不起的农民家庭，这家兄弟姐妹8个，个个依靠读书改变命运，都先后考上了大学，大多读了硕士、博士，后来发展都很好，就像通常在电影上、小说中看见的励志故事一样，有的在大学做教授，有的当了领导干部，有的成了企业家……在十里八乡土家苗寨传为佳话。而且，他们家还发起农民春节运动会，附近村寨都组队参加，一年一届，今年已是第三届啦。

他赞扬这家农民不得了。我说，是啊，我还想把送您的诗集也送那里的喜欢和不喜欢诗歌的朋友，管他的哟，反正是过年，大家高兴就好。他对我的行为持点赞态度。

我还给他说了老实话，写一本诗集得2万元稿费，出版社很厚道了，可这年还没有过完，就全搪进购书送人中去了，目前看来还不够，用秀山农村的土话讲，真的是"黄泥巴揩屁眼——倒巴一坨"啊！

看不见表情，估计 P 先生独乐乐——一个人笑惨了。

过年嘛，说话做事都应该自觉做到以增添喜庆为前提；当然，如此生动鲜活、略带点儿粗俗鄙气的秀山本土歇后语，对诗歌之雅确实似有些许冒犯状。

哦，请原谅，诗歌，但我说的确实也是大实话。

初五写意
——感谢几位高中同窗请我吃饭

还是假期
还是莫名的喜悦和惬意
冰未消融
迎春点亮沉寂原野
雪还飘飞
鹅黄轻染干枯柳枝
风仍凛冽
鸽哨唱响阴郁天际

最爱这个季节
残冬与初春
各自东西,又浑然一体
心头萌动绿意
春水般的思绪
在梅江河上
泛起美丽涟漪

(2019年2月11日)

以这首小诗恭祝朋友们周末并春节期间继续快乐。

一些朋友很快作了反馈，说尤其喜欢的是"最爱这个季节 / 残冬与初春 / 各自东西，又浑然一体"几句。

北京同行 P 先生，是当年全国本系统内的才子。他写的一本业务类专著颇有知名度和影响力。这位兄弟步小诗韵脚回赠了一首诗，比我的好，可惜没能及时保存，找不着了，无法奉献给读者诸君共享。

有时，不细心、不用心或抓而不紧，奇思妙想类的好东西会稍纵即逝，不可再生，无可挽回。今后，一定注意吸取教训。

春天里

温暖踏实喜悦
这美梦般的季节
这季节美丽的肌理
芳草鲜美
我是冒出地皮的一粒新绿
鸟语花香
我是昨夜萌发的一星蓓蕾
勃发盎然的春意
温润甜美的空气
处处弥漫着青葱的气息
冬去春回
周而复始
暖风复苏冬藏的心结
少年情怀
过往美丽
柔软成花团锦簇的希冀
跋涉千山万水
拥抱曾异化的自己
所有的错过正陆续补齐
所有的结束正重新开始
一切会长成想要的样子
恰似最初的相遇

（2019年2月23日渝中半岛山地公园抒怀）

人逢喜事精神爽，我这几天一直是"高兴起"的。

2019年2月17日，在申请得到批准后，由诸多朋友支持帮助，我的诗集《黄葛树下》得以在离重庆著名的解放碑100米左右处的重庆书城举行了首发式暨座谈会，三百余位良师益友亲临现场，让我很受感动和教益。

会上，我的老师L先生朗读了他的七绝《读张刚诗集〈黄葛树下〉》：语短情长寄意深／诗山文海勇探寻／月明黄葛乡愁里／家国情怀赤子心。

F女士是中国新诗协会副会长，全国著名诗人，荣获过鲁迅文学奖。她说张刚的诗集以"黄葛树下"为名，而且第一首就是黄葛树，抓住了黄葛树，一下子就抓住了重庆的城市精神。她鼓励作者说，张刚的诗歌没有故作高深故弄玄虚，没有油腔滑调的自以为是，真挚深情，还称赞书的装帧设计也很好，值得收藏。

J先生、R女士和C先生是我们这座城市具全国水准的诗歌评论家和作家、诗人，他们从不同的角度对我的诗作给予了有力的鞭策。一级作家R女士，本来正在边远基层体验生活，创作中国作协评审通过的一部重点长篇小说，但她放下写作专程返回参加座谈会，作了很专业、很精彩的点评。

我的两位领导朋友H先生和M先生，一直鼓励我出版诗集，为人文渝中、人文重庆建设多作贡献。他俩共同为作品展揭幕，先后发表热情洋溢的讲话，顺便幽默地给我布置了写作任务，要求我八小时内好好工作，八小时外自觉刻苦写作，目标是写了"黄葛树下"，接下来写"解放碑下"，努力使自己的作品成为城市的一张"名片"。弄得我受宠若惊之余,暗下决心一定要好好工作、好好写作,不能辜负期待。

北京Z先生,是诗词和散文高人,也是一位副部级干部。他看完诗集,回赠一首词,让我感到舒心和振奋:大作灼灼/满目春色/跃然纸面都是情/诗人会意更蓬勃/不知码字累/却往心里说/字里行间多锦绣/回揽春秋知苦乐。

近几天来,微信中不少朋友还竞相转发了《文艺报》《重庆日报》等媒体关于《黄葛树下》的专业评论文章及相关评论、消息、新闻图片等。

在座谈会上,我作了感恩发言。大意是,一个人能够做成一点事,环境和条件至关重要。如果没有极具人文情怀和重庆母城文化意识的诸位领导朋友和重庆出版集团、重庆新华书店集团等单位的重视和支持,写作和出版这本诗集是不可想象的;没有那些知名专家、诗人、作家、编辑等方面的支持和帮助,断然不会有这本年度精品重点书的很快出版;诗歌为思想而写,因真情而美,有了思想和观点,诗就有了根与魂,诗句就生动鲜活,诗歌自然会有趣有味道;在当今中国,诗歌也完全能够做到党性、人民性和诗性(艺术性)的和谐统一。我还说了,于自己而言,"文以载道",就是要以我的诗歌之"文"载我的理想之"道",实现自己的职业生涯信仰与诗歌艺术主张的对立统一,充分展现一位重庆公务员在为"两个一百年"目标奋斗的这个时段对我们伟大国家、伟大民族的感恩与奉献、忠诚与担当。

我想对朋友们说,这就是作者的初心和本意,就是我想长成的样子。

鹅岭公园玉兰花

——蒙蒙细雨中想起了他

决绝平静
优雅孤奋
一树花开
惊艳游人
满园绚丽芳芬

一朵一生
一生一次
一次一春
燃烧着绽放
绝尘般洁净清新

初心天真单纯
品质高贵忠贞
生命竟如此清灵而深情
花瓣随风
一片片飘零
一片片升腾

（2019年3月3日）

重庆鹅岭公园是 20 世纪 30 年代一位资本家的私家花园，亦称礼园，早期的知名度并不高。

它真正声名鹊起，是在二战期间。1940 年前后，园内新修了中西合璧风格的飞阁，成为战争环境中蒋介石夫妇避暑纳凉的上佳去处，临嘉陵江悬崖一侧，还配套建有专用防空洞。重庆解放初期，当时的西南局和西南军区邓小平、刘伯承、贺龙等首长在此办公。1958 年，邓小平回重庆视察工作时，建议将其改成人民群众共享的大众公园，其后，遂改成公园，向市民开放。

不少朋友告诉我说，《鹅岭公园玉兰花》真挚深情，写出了玉兰花和那个人"一朵一生、一生一次、一次一春"的决绝、圣洁的特质，感动人心。

我赞成朋友的解读，诗中明里写的是玉兰花，实际上写的是一个人。

我的大学同班同学大多过得很好，但有一位男同学和一位女同学先后自杀身亡。那位男同学 L 先生，出身官宦之家，家境相当优渥，他就出生和成长在鹅岭公园附近。

那年，我们毕业前夕，全年级就他自愿申请支边，分配去了四川省的阿坝藏族羌族自治州，到与九寨沟毗邻的红原县一所中学教书。那里是诞生 20 世纪 30 年代中国工农红军"爬雪山、过草地"伟大长征史话的地方。十余年后，他从大草原调回重庆，重回鹅岭公园附近工作和生活，直到他悲观厌世不能自已决绝而去。

同窗期间，在我的印象中，这位书香门第之后、戴金丝边眼镜的瘦削同学心地纯净，天资聪颖，待人友善，同时又自尊、忧郁、极度敏感。他弹得一手好吉他，到了晚上和周末，常常是独自泡上一大杯浓茶，抱着吉他自弹自唱，长时间沉浸在属于他自己的世界里。

我与他的关系一直比较好，虽不经常，但时有联系。他调回重庆时，我已来到这座城市工作，相互间常有走动。记得有一次他突然来我谋生的院校看我，时近黄昏，彼此兴奋，相邀于寒舍小酌，颇为开心，一时都忘了时间，及至反应过来，送他出学校时，已过子夜。

大门紧锁，叫门岗不应，咋办？一阵犹豫后，最后由我协助，他艰难翻过大门，打的回家。

后来，他多次说到，那天晚上他太高兴了。

一起读书的时候，我多次听他讲过鹅岭公园的前世今生，除了标志性建筑飞阁外，苏联空军烈士纪念碑，加拿大、澳大利亚、土耳其等多个国家当年的使领馆旧址，还有那些清丽、洁净的玉兰花，鲜艳、灿烂的山茶花，等等。那些景和那些花，他随时随地滔滔不绝，如数家珍，热爱之情溢于言表，让人艳羡和感奋。他说过，鹅岭公园是他最喜爱的公园，还是他小时候逃学的天堂。

于今想来，感到很遗憾的是，他回到重庆后，我竟然没有同他讨论过鹅岭公园，更没有同他一起去过他曾津津乐道、情有独钟的鹅岭公园。

少儿时代感觉很美的地方，那注定是一个人刻骨铭心、没齿难忘的伊甸园。我想，他调回重庆后，是一定去过那遍地都是他金色童年光亮的鹅岭公园的，可能带着那位红原姑娘和他俩在红原生的儿子一起去过，更可能是他独自前往，而且不知去过了多少次，特别是他决意要把自己与滚滚红尘作出隔断前的那一段日子里。

当年他为什么要申请去阿坝藏族羌族自治州的红原县？在那里他究竟经历了怎样的人生遭际？调回重庆的那些日子里他到底过得怎么样？每次闲聊说到这方面话题时，他都会戛然而止，默默无语，眼神显得隐忍，然后是空寂，让人想到红原冬季寒凉的荒原。他去到自己的极乐世界后，这些问题也就成了永远的谜。

多年以后，只要有当年同学说到这位好友时，我的内心都会泛起无言的悲凉，而每次去鹅岭公园，我都会想起他那腼腆中很干净的神情，想起他那阳光般单纯透明、天真无邪的笑声，想起他特别喜欢的那些从外形到内心都干干净净、清清白白的玉兰花来。

眼下，鹅岭公园的玉兰花又一次无声绽放，早已去到另外一个世界的L先生，他看见了吗？

但愿天堂也有一座他心中的鹅岭公园，如同他那未曾有过丝毫污染的精神世界一般，但愿那里也有花期不长却同样洁白无瑕的玉兰花，为他开放、为他芬芳，听他弹着吉他歌唱红原，歌唱鹅岭，歌唱他现在居住的地方。如果他累了，愿那些玉兰花伴他长眠，护佑他不再有那么多的忧郁和悲伤。

渝中山脊公园

——与诸友春游

细雨如酥感伤
映衬雄健壮美模样
百红千翠的芬芳
万物生长的向往
自西向东蜿蜒
穹庐之下
蛟龙腾跃两江

天地玄黄
山水激荡
奇葩佳卉合唱
汇聚生命的海洋
带着诗和希望
蓬勃从仲春出发
涌向深远时光

（2019年3月23日）

著名书法家、退役将军 D 先生说，读了这首诗后"心情大好"，而我读了他的"心情大好"后也感到很开心。

一位工程专家出身的领导同志看了诗后转来《重庆朝天门英名要永存》的文章，担心渝中半岛建筑密度过大，担心出现"其丑无他例、其怪冠全国"破坏城市风水、"人人诟骂又奈何不得的垃圾之作"。这位正部级首长和文章作者所担心的极端情形是我们城市规划建设须高度警惕、努力杜绝的，今日之重庆也完全能够做到。

其实，那两天，承蒙组织信任，刚好我有幸参与了一项重庆城市形象塑造和宣传营销的重要工作。签了保密承诺书后，我与另外三位专家，承担了一项必须在 2 天内完成的专项任务——拿出各自的庆祝新中国成立 70 周年天安门广场游行重庆彩车设计的创意文字说明文本来。

所以，我敢说，基于自己所了解的信息，现在的重庆市委、市政府极其重视包括渝中半岛在内的长江、嘉陵江"两江四岸"规划建设，这一百年大计的关键节点、重要细节都是全球比选，主要领导亲自把关，不可能再出现早些年那些乱七八糟的怪事。

"山水之城，美丽之地"，那些关于我们这座城市规划建设的理念、思路、举措深入人心，也深深地感染和鼓舞了我。两天后，我呈送了自己的文本。大意是：

——紧扣一个根本，即深入贯彻落实习近平总书记视察重庆和全国"两会"期间参加重庆代表团审议时的重要讲话精神，向全国、全球生动形象地讲好 70 年来特别是党的十八大以来重庆改革发展稳定的精彩故事，进一步凝聚和激励全市3300万人民，沉心静气、团结奋进，把总书记和党中央的殷殷嘱托全面落实在重庆大地上。

——核心创意，突出四个字：魅力重庆。从国家对重庆的战略定位、重庆的自然禀赋优势、重庆的历史人文传承等方面作阐述。

——主体造型，取"朝天扬帆"寓意，选取意象航船造型，用"把习近平总书记殷殷嘱托全面落实在重庆大地上"作为思想红线、旗帜方向，贯通和引领魅力重庆的方方面面，上下、前后、左右交相辉映，寓意在以习近平总书记为核心的党中央坚强领导下，重庆广大干部群众沿着正确的航向，不忘初心、牢记使命，万众一心、克难奋进，向着"两点"定位、"两地""两高"目标不懈奋斗。

——彩车的基本模块为四个部分，即建设内陆开放高地，彰显重庆的区位优势；建设山清水秀美丽之地，彰显重庆的生态优势；建设现代制造业重镇，彰显重庆的产业优势；建设城乡融合协调发展直辖市，彰显重庆的体制优势。

——运用高科技和人车互动等方式，适当展示解放碑、朝天门、大礼堂、大足石刻、三峡夔门等重庆具独占性、唯一性的巴渝文化和重庆元素，等等。

我所敬重的散文家、文史专家Z先生及其他两位先生也提交了创意文本。后来，经方方面面更多的专家学者技术工人等的共同努力，凝聚着重庆3300万各族人民智慧的"升级版"彩车在10月1日天安门广场游行时惊艳亮相，受到国内外观众诸多好评，回到重庆后又在人民大礼堂广场精彩展示，受到广大市民朋友的赞誉和喜爱。

能够直接参与新中国成立 70 周年重庆晋京彩车的文字创意设计，尽上一点绵薄之力，内心感觉很美。

衷心感谢那些信任我的领导和朋友。特别想说的是，没能做好的地方，请多多包涵；当然，如果还有下一次，我有信心做得更好，因为我们这座越来越美好的城市给了我足够的底气。

荼蘼花

——向『五一』国际劳动节值班同志及所有劳动者致敬

这个季节
该谢的花儿都谢了
除开荼蘼

沿着轻淡的芬芳
浅翠走向深绿
阳光变得热烈

链接春季夏季
还有当今与未来
以及过往的美丽

生命坚忍演绎
它属于蓬勃的世界
也属于它自己

（2019年5月1日）

茶蘼花语中，如果剔除孤寂等负面含义，我觉得各行各业那些节假日值班的普普通通的劳动者，像极了这个季节漫山遍野的茶蘼花，葱翠的世界可能并不在乎那初看起来小而弱的花色和香意，可它不为外界的不在乎所动，仍然欣欣有味、蓬蓬勃勃地盛开，为大地默默奉献心香。

这首小诗写得不好，朋友中予评者较少。北京好友 D 先生看了此诗反馈的却是看诗集《黄葛树下》后的"心得"：读到了对生命的寄语，对生活的爱惜，对生机的惊喜！本深含哲理，读取却深而不沉；是一股清流，品来乃清而不淡！

半小时后，他在微信中又补充了几句：深刻而不沉闷，是因为造了一片生机；清新而不平淡，是因为能让人品出回甘！真是力作！

我回复：谢谢！在好好工作的同时，我一定会好好写作！

叹息

——与C君茶叙，感叹其人生际遇

丰满与骨感差异
豪迈沿着皱纹老去
流年最是无情镜
残酷　无奈　真切
彻照生命根底

青梅竹马
起了猜忌
红颜知己
日渐疏离
情同手足
床同梦异
刎颈之交
淡了壮烈
山盟海誓
已随风飘逝

情感的纽带
过于纤细
心愿的桥梁
容易皲裂
当初的一律
如今霄壤之别
人性脆弱
最珍惜的
或许不堪一击

生活
仍将继续
我将还会写诗
记录理智
记录情绪
记录终将散去的筵席
也许，有一天
一切都会消逝
只剩下一粒种子
它会开出一朵花来
苦难美丽

（2019年5月25日）

C君是出过事故、更是有着故事的人。

　　我很尊重他。本想写首叙事诗来记录我同他的茶叙，但因缺少训练而未能把握好，便写成了这个样子。

　　前三节是他讲其人生的坎坷和感悟，这位老兄沧桑的人生感悟颇多金句。

　　最后一节，想记录我对他的理解和劝慰。有些话不说不妥，说了似又无用，我真有一种无助、无力、无奈之感。

　　愿今年快快过去，愿C君能顺势转运。那些过往的不和、不顺、不堪、不幸，甚至苦难，都是人生成熟、思想成熟的养分，都会滋养他心底的那颗种子拔节生长、盎然绽放。

　　我坚信，假以时日，有着丰厚人生积淀的C君必将亮出自己的旗帜，从物质到精神。

秋思

那年
曾经发誓
离开你,必须
不再回头,不再惦记
今世今生
永不相聚

可这些似水的流年啊
无论是危如累卵
还是春风马蹄
抑或是
伤透心肺痛彻骨髓
夜深人静时
芭蕉细雨
想起的
还是你

(2020年10月11日示弱斋拾遗)

朋友们对这首诗的点评，我归其为三类。

第一类认为是言情诗。

T 女士说：对她（他）的思念，是一颗最亲近最遥远的星星。

H 先生说：有时候，一个人最愿忘记的，一辈子永远不想再见的，才是印象最深的，铭记最牢的，沉淀最纯的，永远都无法从心底抹去的。无论春风得意，抑或危如累卵，心里梦里，常常浮现的总是那个最美的身影。尽管日月如梭、流年似水，诗人啊，永远都是那个眼里含情、心里恋旧的纯情之人！

G 先生说：诗的情感丰富而深刻。放手离开是必须的选择，分开是痛彻心扉的无奈。那份刻骨铭心的记忆深埋心底，总不愿去触碰，但它时不时会冒出来，特别是在叶黄叶落的秋天。情伤不易掩埋，痛思让人缅怀！

L 先生写来一首小诗：世间有离别 / 伤心如刀切 / 秋日年年有 / 思之常流血！

W 女士说：秋天真是一个清朗入骨、诗情碧霄的季节。

书画家 Z 女士说：相思的是你！……是你！是你！还是你！情思丰富、韵味悠长，好像画画留白，你的诗拨动了读者思念的心弦。

M 女士评得优美又含蓄：凡风吹落的，交给时间捡起来。

有 4 位老顽童幽默地说起了俏皮话。

在欧洲游学十余年归来的 L 先生说：想念你的初恋情人啦？只有本哥哥理解你思念的苦！

企业家 L 先生说：发乎情，止乎礼。有时，也应敢想敢做，痛苦和痛快表面上是一字之差，其实更是一念之差！摆脱思之痛苦，赶快行动起来吧！

公务员 X 先生说：诗题不应叫"秋思"，强烈建议改为"致同桌的你"！

老同学 S 先生锋芒毕露地问："你想的是谁？"我也幽默地迎头痛击："你想谁是谁！"

我想，他看着微信正无声地笑，同时在思考同我作下一个回合互动时如何胜我半子。我才不怕这小子呢。

还有一位小兄弟的话同样幽默而感性，让我感动：我想的，至今还是哥哥——你！

第二类认为是怀乡诗。

C 先生说：读这首诗，第一反应是想到周杰伦的《青花瓷》：天青色等烟雨，而我在等你，炊烟袅袅升起，隔江千万里，在瓶底书汉隶信前朝的飘逸，就当我为遇见你伏笔。但细品下来，发现你的思绪在故乡，是吧？

家乡的 M 先生说：此夜曲中闻折柳，何人不起故园情。露从今夜白，月是故乡明。

一个小字辈 T 先生说：这首诗流露的情感我感觉是老辈子在想老家了。很巧，我正在您年青时战斗过的地方石柱县出差呢。

Y 先生说：诗虽短，却感情真挚热烈，引多少乡愁与共鸣！

W 先生说：你的日头瓷实了我的骨骼，你的阴雨滋润了我的血肉，你的风俗生成了我的语言，你的泥土长出了我的性格。这一生一世，无论走到何方，无非是换件衣裳，从思绪到行为，无一不透出你本来的模样！

D先生说：你的秋思，勾起了我18岁时从安徽离家来渝求学和工作的回忆，当时是那么的坚决，而今真的很想家。

第三类认为是情怀诗。

一位我敬重的长者说：古往今来，能够撞击他人心扉的作品，总是触及人性、触及灵魂、触及哲思的。

能说什么呢？这位博览群书的长者是一位正部级领导，那么忙的情况下，至今仍坚持每周必读几本新书。

Y女士说：流年的峥嵘不曾改变你内心对世界的温柔相待。

H先生说：她，永远是你心中的那一个，或秋思或思秋。她，是恋人，是家，是理想。你戳到了我的泪点上！

Y女士说：一股心流，让人深情领悟。生命是一场懂得，且敬深秋一杯酒，且赋深秋一首诗，享受那清澈的最初和最美的心路！

H女士说：北京的深秋已有丝丝寒意，你的诗却让我备感温暖。

R女士说：伤春悲秋，浓浓乡愁，基本上影响了我国古代现代当代所有的文人。

还有几位朋友不知是真的天真还是故意考我，纷纷"试问"诗的副题中经常提到的"示弱斋"属于哪个风景区。

我回答说，在我们家，我们家的书房。

很精彩的是北京J先生发来的散文《凤凰来仪》：

丹凤朝阳，金凰翠舞，一身惊艳，满目华彩，如惊鸿一瞥，如鹤鸣九天，把生命的恢宏渲染到了极致。仿佛是一幅画，一首诗，让岁月诗情画意，叹为观止。然而，凤凰的每一根艳羽，每一抹色彩，每一次舞蹈，都是浴火重生生命的涅槃。

生活如一池春水，安然淡然于时光的深处。如果要升华为一弯彩虹满天彩霞，绚烂着人生的诗意，每一滴水珠，都要历练着阳光的炙烤，忍痛着自身的裂变，飞升着生命的高度。从生活的平淡中，品尝出境界的恬适，是参悟世事后的智慧。生活如水，于清浅的时光中淡然，很多人往往感慨着生命的短暂："逝者如斯夫，不舍昼夜"，"人之相与，俯仰一世"，"譬如朝露，去日苦多"……生命的智者，却会于水的浅淡中，看到阳光折射后赤橙黄绿青蓝紫的明媚；于水的蒸腾中，仰望彩彻区明，长虹贯日的奇丽。

一把素琴，一片幽篁，因为有这么一群境界幽远的智者在，便泛出精彩的"竹林七贤"来。偃仰啸歌，便是一首动听的歌谣；倚竹听涛，便是一幅写意的画；一举手一投足，便是格致着精神的高贵。这种高贵的精神，仿佛是成型于靖节先生竹篱旁的枝枝秋菊，在命运的严严寒霜冷冷西风中，傲然而立，盎然怒放。

从人生苦难中，咀嚼出人性有况味，是人性超然的体悟。生活不会永远是春和景明，鸟语花香。但生性豁达的人，总会看到生活中最明朗的一面。"春有百花秋有月，夏有凉风冬有雪。莫将闲事挂心头，便是人间好时节"。

生活中充满苦难，直面而上，向死而生，才能锻造出生命的精彩。曾几何时，一场突如其来的疫情，如黑云压城，肆虐着江城三镇。而一群群最美的逆行者，如一道道圣洁的诗行，谱写着仁者仁心的大爱。也许，护士服、燕尾帽，只是寻常日子里寻常的工作服饰，然而，当她们一次次被病毒侵袭，一次次被汗水浸透，她们已不再寻常。经过了生与死的考验，这些最可爱的人，已浴火重生，涅槃成一只只人间最美丽的金凤凰。

浴火涅槃，方有凤凰来仪！

这篇文章很好，我没问J先生是否属其原创，便转录于此请读者诸君品鉴。J先生是名校毕业且学养很深、才华横溢的高才生，写出这样的散文也属正常。北京的大机关里，"一专多能"的高人真是不少。多少年来，我一直很敬重的一位领导朋友，他八小时外坚持写作"大书"系列解读，我已拜读其《于刹那间处读论语》的文章数百篇，每一篇都堪称精实老熟、字字珠玑的经典范文，相信公开面世时，大概率会成为金领和白领阶层内的畅销书。

我赞成"高手在民间"的说法，同时也深切地感受到，京城"读大书"的精英阶层中，真正是"高处不胜寒"的卧虎藏龙之地啊！

青春

——傍晚,与同学诸友四川美术学院虎溪公社散步

想天空的乌云白净
想溪谷的晚风不冷
想坚硬卵石如玉温润
想寒郁沉闷春水般清新
然而,不能
就像青春的年龄就属于青春
就像没有星月的夜不会有光明
只有那个梦依然温馨
时现时隐
时远时近
庞杂中美丽清纯
雄浑里一片童真

(2020年12月19日)

这首诗是当天陪同从老家来的9位中小学同学和乡友H先生夫妇同游重庆大学城四川美术学院"虎溪公社"新校区(原改革开放前人民公社时期的虎溪公社属地)后写下的。

　　川美新校区，在1000亩地域范围内，独具匠心地实现了自然生态、人文关怀和艺术情调的和谐统一，又保持了一些所谓古希腊式的"高贵的单纯"和"宁静的伟大"，曾获亚洲唯一的"首届全球公共艺术奖"。重庆冬季难得的晴好天气里，美景养眼，友情暖心，我的心情自然而然地美好起来，于是，当晚便有了这首一韵到底的小诗。

　　W先生说：我喜欢，前面由景及情，结尾处耐人寻味。W先生的专业背景是数学，但形象思维水平很高，对文学艺术有极强的品鉴能力，他是我很敬重的老领导。

　　F女士说：花开花谢，岁月无声。在这个冬日阳光的清晨，分享你优美的文字，感念于心，历尽千帆，坚守执着，清风明月，保持美好！今天也是我的生日，回首过往，感慨万千！

　　我回：那这诗就是献给你的了。你今年应有四十岁了吧？恭祝生日快乐！她回：谢谢！今年二十，明年十八。

　　人生需要幽默，幽默感强的人会更显年轻。

　　C女士说：昨天看了一篇报道，在这次抗击疫情一线和嫦娥五号探月工程中80后90后已发挥重要作用。我对孩子说，你们现在是处在最好的年代，再过10年，就该你们00后发挥重要作用了，所以你现在认真学习，不仅是对自己负责，也是对国家负责，我们国家从一穷二白发展到今天太不容易，是一代一代人不断努力奋斗的结果，你们要接续努力奋斗，让国家越来越好，国家好我们的小家才会好。

这位同事是质朴之人，教育孩子的话说得很实在，我为她点赞！

一同散步的 Z 女士说："青春啊青春，美丽的时光，比那彩霞还要鲜艳，比那玫瑰还要芬芳……"当这支歌唱遍祖国大江南北的时候，我们正值青春年华，如今青春已逝，但在某个时候，特别是同学相聚之时，青春的冲动、激情会撞击着我们，在这种撞击中，去追寻温馨、美丽、清纯和童真。花开花落诉说着一个又一个轮回，青春不属于我们，但我们也会活出青春的姿态和光芒。

她引用的是"八十年代新一辈"比较熟悉的歌唱家关贵敏歌唱青春的一首歌中的歌词。那个年代，我们喜欢听和唱的也有那种激情澎湃的抒情歌曲。

Y 女士说：时间与生命，有诗人独特的艺术表述，诗里有一种时间的视觉印象，妙哉！

L 先生说：诗人笔下的美学空间更有张力。诗美时空不求对现实时况的模拟与应对，只求展开想象与幻想的翅膀而随心构筑。相对于现实美，意境美给人以真正的美感！

一起散步的 S 先生说：愿我们所有人的心里都留有一角温馨。

M 女士说：坚硬卵石也可以有温润如玉的内心。就像青春不在于年龄，而在于心境，坚定的意志，炽热的情感，积极向上的精神，都是青春。

X先生说：金刚怒目，菩萨低眉，附阴抱阳，圆融合一。

另一位先生说：一景一物在寒冬腊月是硬朗的，在诗人眼里心里却是柔软的。

L女士说：让无法改变的随缘，让值得珍惜的沉淀，随遇而安，惬意无限。

J先生说：好诗。但青春不能怀念，当勇敢寻找。

"一千个读者就有一千个哈姆雷特"。我尊敬的朋友们不同的解读、赏析和看法令我感动。

密歇根湖畔的P先生一早发来了一张照片。阴郁的天空下，一个玻璃顶的庞大建筑。看不太清楚，便开玩笑地问：芝加哥式蔬菜棚？他大笑，答：芝加哥大学主图书馆的地下藏书馆，地面一层是阅读厅。你的书很可能是藏在那里。芝加哥大学有五六个成规模的图书馆，各系还有各自的图书馆，相当方便。地下四五层，完全是计算机控制的机器手在那里码书和取书。

我竖起大拇指夸赞。他又发了一组图书馆的照片过来，有阵容宏大、排列整齐的高密度自动化巨大书柜，有同样巨大、宽敞明亮、可容纳数百人的宏大阅览室，有利用机器人可在350万余册书籍中于5分钟内帮助读者找到其心仪的任何一本图书的自动检索系统，等等。于我而言，视觉冲击最强的是其图书馆的主体造型，它以极讲究的钢材和玻璃为主要建筑材料的巨大椭圆造型，像极了一只巨硕的天鹅蛋。不知设计师咋想的，反正我觉得这天鹅蛋造型的寓意好极！这所学术排名一直名列全美前茅，曾有包括杨振宁、李政道、崔琦三位华裔在内的 80 多位校友获过诺贝尔奖的大学,它那极具现代气质的图书馆还将孵化出多少全球精英呢?

我为儿时的玩伴 P 先生备感高兴,同时也想到一个奇怪的问题:我们一起打泥巴仗的那些玩耍岁月,他想过有朝一日会成为这所大学的终身教授并担任其《生物医学工程月报》杂志的主编吗?反正,当年只知玩耍的我做梦弄错了也不会想到这类事。

最近,他应邀将以芝加哥大学放射系教授的身份做客国家数学与交叉科学中心 10 周年论坛,将在腾讯 300 人会议室作报告。如果可能,我想请他回重庆吃天下最正宗和最好的火锅,喝我们家乡那种严重过期的老土酒,并当面向他请教:

亲爱的川哥,那个问题您当年可曾想过?此去经年,您人生况味如何?

半岛沉思

人是一切社会关系的总和。诗歌呢?应是顺应自然和人的高品质生活需要对这种总和进行最良善的提纯和呈现。三角梅摇曳多姿,轻轨穿楼潇洒而去,影子亦步亦趋分秒不离,梦里搬动岁月,探寻礼花毁灭的意义。世界给予我的太多太多,我想用诗来画出美的边界和阐释人生的谜底。洗心洗诗,欲辩忘言

月思

——2019年1月3日10时26分，中国嫦娥四号代表人类首次实现月球背面软着陆

我以为懂你
星辰大海
神话传奇
还有银河般璀璨的诗词
献给你
天涯毗邻的知己

其实
我并不懂你
不懂你从未转向地球的背面
以及背面的崎岖和神秘
而好戏
总在背面
背面
总有好戏

"今人不见古时月，今月曾经照古人"。唐朝的李太白注意到了月亮的恒久和神秘，已有45亿年历史的月球引发了大诗人关于人与月之关系的沉思。

"明月几时有,把酒问青天。不知天上宫阙,今夕是何年?"宋朝的苏东坡仰望苍穹,感叹天上人间的时空变化。

但极致聪慧如李太白、苏东坡者也绝对想不到,进入20世纪后半叶,这个世界会有中国航天,而且中国航天的发展竟能如此神勇强悍。

自1970年算起,我们从东方红一号卫星飞向太空,到第一颗返回式卫星巡天归来,从神舟飞船载人问天,到嫦娥玉兔万里探月,从北斗系列导航卫星组网运行,到交会对接组建空间实验室,50年来,中国航天的每一次飞行都在刷新中华民族的太空高度,刷新中华民族对太空的认知深度和广度。

"坐地日行八万里,巡天遥看一千河",伟大的毛泽东睿智英明又极富浪漫主义精神。他说了,中华民族"可上九天揽月,可下五洋捉鳖",而且一定能够"谈笑凯歌还",因为在中华民族的漫漫征程中,"世上无难事,只要肯登攀"。

伟人的预言再一次应验。2019年1月3日10时26分,中国的嫦娥四号仅用26天,长途跋涉40万公里,代表全人类首次实现月球背面软着陆,拍摄和发回了世界上第一张近距离拍摄月球背面的影像图,中国由此成为第一个在月球正面和背面都成功实现探测器软着陆的国家。

因月球的自转周期与地球的自转周期重合,所以人类看见的月球一直只是"半个月亮爬上来",即看到的一直都是月球的正面,看不到月球的背面。直到这一次,依靠中国航天在月球背面成功作出的一系列智慧、勇敢的探索,人类才真正认识到原来月球的背面没有外星人,也没有金字塔、巨石阵,更没有外星人七十多年前从百慕大三角掳去的美国二战时期的轰炸机。那背面有的是高山峡谷和沉寂了几十亿年的荒原,有的是可以屏蔽来自地球无线电信号干扰的极干净的电磁环境,那里是天文学家梦寐以求的低频射电研究场所,那里可以清晰地收到来自宇宙早期的诸多信息,还有的就是那里有由中国人布下的人类历史上首个月球信号中继卫星,它将成为地球和月球背后沟通的桥梁,将服务和见证嫦娥四号探测的全过程。

作为离地球最近的天体,千百年来,人们对月球有着特殊的友好感情。嫦娥奔月、吴刚伐桂等神话,反映的是我们对它的热爱、崇拜和浪漫情怀。实际上,人类真的是有点自作多情啦——仅有600万年历史的地球人,见到的是有45亿年历史的月球,而且看见的一直只限于其正面,在从未见识过完整月球的情况下,人类却写下了那么多赞美月球的诗篇,弄得天真如我者在这之前一直真的觉得"月亮代表我的心";同样恼火的是,我们还对月球背面这个自己知识上的盲点作了那么多的指手画脚、以讹传讹,弄得月球背面"躺枪"了若干年呢。

其实,人家月球背面是多么广阔富饶的取之不尽、用之不竭的物质宝库,更有着多少不为人知的无比精彩和连台好戏在等待着我们去开拓进取啊!

月球背面的故事是这样,那么,大千世界、芸芸众生,该还有多少宏观的、中观的、微观的事物"背面"至今仍在被自以为是的我们长期误解或者鲜为人知呢？

　　有意思，好戏，常在背面；背面，总有好戏。我感受到了科学和哲学问题的庄重和深邃。

影子

——大雪节气的沉思

向光而行
你跟着我亦步亦趋
背光而去
你贴着我分秒不离

即便是顶光映照
抑或无影灯下
表面上
你杳无踪迹
其实
与我已融为一体

也许
我能够
摆脱地球引力
今生
却注定
与你灵肉相依

> 我是我
> 你是你
> 你就是我
> 我就是你

（2019 年 12 月 7 日）

这首诗获不少好评。

老同事 D 先生说：那个影子，"表面上／你杳无踪迹／其实／与我已融为一体"，读到这句，我只能停下，她有直达灵魂深处的力量，让我不得不停下来沉思。

重庆的一所名校校长 M 女士说：影子可以影响我们的世界，但我们无力影响影子。

年青同事 C 女士说：拜读你的诗，数这首写得最好！

诗人 L 先生说：款款深情，是献给夫人的爱情诗吧。

成都的 L 先生说：有周公梦蝶的味道。

同事 P 先生说：我将无我，我亦非我，我还是我。

中学同学 H 先生说：独立人格，自由思想。

乡友 L 先生说：你中有我、我中有你，各美其美、美美与共。

同事 Y 先生说：明与暗，对应着光与影，五光十色的舞台，无论有多么和谐，热烈的掌声总会将"他我"与"真我"隆重地熔铸一体。真正自由而独立的远行，胸膛里一定要搏动着诗人的赤诚与勇士的热血。

同事 L 女士说：彼此自由却又形影不离，彼此独立却又灵肉相依。

大律师 Y 先生说：感觉这生活是蛮惬意的，因为"在暖洋洋的冬日，能欣赏你美美的诗句！"

北京的 Z 先生看见这首诗时正在东京访问。他点赞说："写得真好！"并发来一张即时工作照，是 Z 先生正与日本前首相鸠山由纪夫谈培育康养文化产业合作事宜，两人春风满面，热情握手合影。看着他俩的合影，我无声地笑了：竞争—合作，合作—竞争，如影随形，密不可分，真正的高明，应当是在此过程中促进彼此甚至多方利益的共同增进。祝愿尊敬的 Z 先生商务谈判如愿以偿！

礼花

我的一切和唯一
就是燃烧自己
瞬间
美丽天际
美丽你的视域
粉身碎骨
只为你欢喜
这是我一生一世
毁灭的意义
尽管
在这之前
是沉寂的夜
在这之后
是夜的沉寂

（2019年10月19日于山城歇台子示弱斋）

一些朋友称赞，这首诗写得不错。

有的说它歌颂的是纯洁爱情，有的说它歌颂的是无私奉献，有的说它歌颂的是锐意改革，有的说它歌颂的是钢铁般的意志和牺牲精神，等等。都有道理，我都赞成。

我也赞成同事 H 先生的说法："人生应生当如夏花之绚烂，死当如秋叶之静美。这首诗文字如露珠清澈透明，情感似钻石熠熠生辉，而最后写到沉寂的夜、夜的沉寂，让人有锥心之痛，也许它的意义在于深刻的隐喻中。"

我还赞成乡友 H 先生把这首诗与其他诗人的诗作比较："前世欠你一颗伤心的泪 / 今生还你一场烟花美 / 爱你爱到无路可退 / 让爱碎了再碎。""同样是写烟花，却是完全不一样的味道。"

诗无达诂。在今天这个写诗人比读诗人似乎更多的年代，人家愿意读我的诗就算看得起我了，读后还愿意点评那么几句，有些点评还深刻到自己思所未及、闻所未闻的深层次，除了致敬和致谢，我还能说什么呢？

局
——重庆山城第三步道明城墙前的沉思

鲜亮季节
老惦记仲春的绚丽

白昼清晰
却向往朦胧的月夜

不在意已拥有的一切
总想着没有的尽揽怀里

看得清地球与黑洞的距离
看不清真实的自己

（2019年5月11日）

抚摸着著名的山城第三步道上那段露出地表的明城墙，有点酸酸地发思古之幽情。其后，憋了小半天，憋出了这首四节小诗，发给了朋友们。

有的朋友说喜欢第二节。乡友 L 女士说：前不久，听一京剧大腕讲，月朦胧这种景象，在国粹里叫云遮月，指一种沙沉的唱腔，越不透亮，就越激发人想一探究竟。不识庐山真面目，只缘身在此"局"中。

有的朋友说喜欢第三节。同事 Y 先生说：不在意已拥有的一切，总想着没有的尽揽怀里。过去是梦，是梦的起源，今天又是为明天的梦作准备，人生如梦，是也。地球与黑洞之间，如果没有上帝，人类比梦更虚妄。

我也不知道这位老兄从哪天起开始信上帝了。改天见面，向他求证和探讨切磋。

北京的 D 先生则说：最近也在想，人的共性之一是认为好的东西的排序是：求之不得——求之可得——不求而得。

有的朋友说喜欢第四节。成都的 T 先生说：最后两句可以作经典语录——看得清地球与黑洞的距离，看不清真实的自己。

武汉的 W 女士仿佛是在呼应着他的观点说：这就是人性，是我们很多人的真实写照。

一诗在手，见仁见智，正常。我的本意，是在拥护一种观点，即每个人差不多都有一个死角，别人进不去，自己出不来，我以为这就是人性弱点形成的"局"。

如果我们自尊自爱，而不是过分地自恋自私，不要拥有那么强烈的占有欲,以致于没有得到的必须得到、得到了的又常常不知珍惜,那么,我们完全可以破了这个"局",在看得清地球与黑洞的距离的同时,也看得清楚真实的自己。由此,本人与他人之间、他人与他人之间、人与自然之间的关系一定会更加和谐,其乐融融,多好!

酸甜苦辣的人生,常常让人百感交集。我呢,常常是借古人之酒杯浇小我之块垒,而今日能于明城墙前拾得一则周末散句,并能引发部分朋友关于人生意义的思考和讨论,我感受到了一种被欣赏的满足和被信任的幸福。

好学如常,怀瑾握瑜。我当好自为之,再努力。

夹马水

——时近中秋,嘉陵江绿,扬子江黄,两江交汇于朝天门码头,状若野马奔腾,成「夹马水」胜景

我是我
你是你
泾渭分明
各有各的
渊源阅历故事
和细节

我不是你
你不是我
多少个日日夜夜
都已不是
当初的
流量流速和流域

你属于我
我属于你
宿命兄弟的拥抱

每一个水分子
都体验到最深沉的亲切

你就是我
我就是你
从此
浩然东去
朝天门见证
一样的血脉
一样的方向
一样的目的和归期

（2020年9月26日）

对这首诗的评论和信息反馈，大致可梳理成三个序列。
一是给予肯定和鼓励的。
有德高望重的市领导表扬说，"每周一歌，优雅洒脱"。
有往昔和今日的多位同事鼓励说，"大气豪迈，深刻细腻"，"世上诗人多，哲学诗人少"，"长江嘉陵一相逢，便胜却人间无数"。
二是感怀和励志的。
W先生说："清者非清，浊者非浊，我们为大地沐浴，在天门相汇，带着多元的成分相交相切，不争先进，只争川流不息、滔滔不绝。"

H先生说："世间万物，既独自存在、自成一体，又互融共通、融合生长。没有一个自我是纯粹的自我，没有一个成长不是相互影响的成长。一样的血脉、一样的方向，才能实现一样的目的、一样的归期。"

L先生说："寓意深刻，哲理满满。本泾渭分明，因时空转换，既融为一体，又分隔东西，再合而为一。"

X先生说："寄蜉蝣于天地，渺沧海之一粟；哀吾生之须臾，羡长江之无穷。"

T先生说："两江汇一流，大海是归期。"

C先生说："不同的过去，一样的未来。"

L女士说："没有谁的幸运凭空而来，只有足够努力，才会足够幸运。这世界不会辜负每一份坚持，时光不会怠慢每一个执着努力的人。"

"海归"教授X先生说："画面感极强的命运共同体，不废江河万古流！"

三是作专业解构和评价的。

C女士说："这首诗以递进手法描绘两江相汇景象，循环往复，构思精巧，使人身临其境，印象尤其深刻。"

新加坡的J先生说："这首诗表达直白，细品百转千回。"

学者型官员L先生说："把天地人、大中小、昨与明、分合融、你我他、动静变的关系作了形象的表达，深刻！"

三类序列之外，还有好友极具个性的微信让我开怀。

——C先生说，这首诗我们拟在国庆期间刊发，你可否再贡献一个笔名？我谢谢他，并说用"刚红"可否，那是我21岁在《四川日报》第一次发长篇通讯《北京飞来金凤凰》时用过的笔名。他批准说"好的"。

C先生是资深文化人，也一直鼓励着我学写诗。我近年来的诗，他们几乎是悉数采用，衷心感谢！

——L先生说，记不清是多少年前了，也是国庆和中秋同一天到来，那一天，茫茫人海中，你我并无预约，却在解放碑附近的地下通道口相遇，当晚，吃饭喝茶，谈天说地，好不高兴！今年，中秋国庆又是同一天，"你我能否共赏月？盼回！"

他是我小学和中学同学，他的微信有点煽情啊。想了想，我果断答应："秀山相聚。"他爽朗一声："好！"

——幽默风趣的L先生是新闻记者出身的好友。他说：以前，"每到周末"，你的心好像就会隐隐作痛；而今，"每到周末"，你自己愉快还要祝大家愉快，这说明了什么？

看了他的微信，我基本上想象得出，这小子同一个时间点上怕是正一脸坏笑的样子呢。

L先生话里的"每到周末"藏着一个"典故"。

早些年，某省级机关里我们共同认识的一位"做事还可以""为人比较弱"的迂实朋友，在处级岗位一待就是十数年，有想法没办法，升迁似乎日益渺茫了，便少了激情燃烧的拼劲，成天满足于按部就班地混日子，有趣的是，每到周末，这位老兄就会几乎是一字不差地写下几句话："每到周末，我就会想到自己为党和人民做得太少太少，而党和人民给予我的太多太多……"表面自责，实际上有在组织面前撒娇甚至发牢骚之嫌，有好事者还为此打了他的"小报告"。

当然，组织和领导厚道，没跟这位老兄计较，而是帮助他重新振作起来，做出了上下左右一致好评的实绩，两年后，得到了提拔重用。

L先生把"每到周末"的典故与我每到周末写诗相提并论，他葫芦里面卖的什么药呢？黄鼠狼给鸡拜年啊，凶险！这小子，下次遇见，得讨个说法。

忆

——示弱斋听雨

梦里
搬动了岁月
于是，穿越流年
我回到了那条河边
回到了那个夏夜

依然是月朗星稀
依然是栀子花清香四溢
可是，你呢
亲爱的
你在哪里

月光叹息
惊起一条鱼儿
"泼剌"地银亮一闪
迅即又沉入
黑暗的河里

（2020 年 10 月 31 日）

X先生反馈了一段话：从了不起的盖茨比，到村上春树，再到追风筝的人，其作品中最让人着迷的都是细节描写，那些动人的场景和瞬间，你所关注或忽略的、打下烙印或遗忘的、闪闪发光的或阴暗角落的，那些细节，因为文字而凝固在那里，一层一层堆积，让人反复咀嚼，欲罢不能。

他没有直接评论小诗。

一位诗人的反馈似乎是替他作了回答：银亮的记忆之鱼刹那一现，便是永远！

还有几位朋友的反馈同样洋溢着浓郁的哲思和情趣。

Z先生说：岁月消耗了人生，也丰富了人生。有你，依然月朗星稀，依然是栀子花清香四溢。今生无憾。

D先生说：一个人最好的状态就是眼里写着故事，眼里却不见风霜，不羡慕谁，也不嘲笑谁。悄悄努力，默默耕耘，活成自己喜欢的样子。刚哥，你写诗写故事，活出了自己的状态，活成了自己喜欢的样子！

T先生说：每次读你的诗都想请你喝酒，如果一起喝酒一定会有当场朗读你的诗的冲动！

喝酒好啊，可这酒钱算哪个的？没弄明白前，我还是暂时不答应比较稳当。

另一位T先生说：刚哥，这首诗情愫复杂哟！

W先生说：梦回初恋是边城……

其实，说复杂的一般并不复杂，这"梦回初恋是边城"倒是值得说上几句的。

这句话是我几年前写的一篇散文的标题，非常感谢W

先生至今还记得。离开家乡近 30 年，那次休假数日，重回故里，细读《边城》，写了两篇散文，算是致家乡的"情书"。

一篇是《秀山西街》，后由人民日报海外版刊用，参评纪念新中国成立 65 周年"中华情"全国诗歌散文赛，获金奖。另一篇就是《梦回初恋是边城》，由重庆日报刊用，在国外举办过个人书法展的书画家 W 女士，在未曾告知的情况下，倾注友情和心力，用其魅力独具的行楷亲录全文，形成了长卷书法作品送给我，让我喜出望外，至今感佩不已。

另一位年轻人说得好啊：岁月流转，时光飞逝，所幸往昔美好有迹可循，这也是一种幸福！

有那些真挚温暖、美好互动的细节，友情之河的源头活水就会不断涌流，永无枯竭。友情不会败给岁月，银亮的记忆之鱼刹那间的灵光一闪，我们心有灵犀，都懂得彼此珍惜。

朋友，谢谢，感恩今生有您！

荷韵

荷叶碧绿
荷茎挺秀
纤尘不染
灼华馨幽

晦暗中向死而生
绝情处深情追求
淤泥孕育梦想
萍水滋养风骨

苦难悟透
大爱无忧
姿容清水一样软和
微笑朗月般纯净温柔

（2018年6月11日于示弱斋）

写这首诗的前后数日，我到过重庆市的垫江、大足和位于九龙坡区歇台子的中共重庆市委党校，看到了那些正蓬勃生长着的荷。

6月的荷已全部露出水面，每一张圆润的叶片和一张张圆润叶片组成的荷塘、荷池、荷湖，都洋溢着盎然的生机。

看着那些清纯可人的模样，我想得最多的是它们在淤泥中扎根和生长拔节时的艰难，正是有过"晦暗中向死而生，绝情处深情追求"的痛苦，才会有"清水出芙蓉，天然去雕饰"的美丽。

很喜欢荷由内而外的干净，更钦佩它精神层面的可贵价值。

三角梅

——走马观花渝中半岛,满眼满心都是那些激情奔放、摇曳多姿的倩影

朝霞般灿烂
月色般温馨
街面　楼顶
桥下　江滨
崖壁　坎埂
只要有一星半点的土壤
蓬蓬勃勃
潇潇洒洒
处处绽放绚丽青春
点亮每一个黎明
燃烧每一个黄昏
温暖每一个家庭
慰藉每一颗心灵
理智着激情
美丽中灵性
不知道
是因为非花非叶
含混不清
还是因为苞片为魂
终有分寸

（2020年5月10日）

北京一位先生说："细致入微，抒写灵动，棒棒哒！"他是正部级首长，我十分敬重的领导。

类似的点赞还来自于一些同学和朋友：

"活泼、坚忍，每个细胞洋溢着生命的欢畅，在诗人心里，三角梅是黄葛树的另一种排版！"

"是藤，有着树的挺拔；是树，有着藤的坚忍；是梅么，没有久待的蓓蕾；不是梅，却飘逸着梅的风韵。"

"多层面描述感悟随处可见的三角梅，把人见人爱的三角梅为什么惹人喜爱的原因说清楚了，你是生活中的有心人！"

也有三位朋友说，这首诗的笔触和情感，让其想到了某诗人的真挚和某诗人的隽永，还发来两位诗人的代表作供我欣赏。

不知咋的，我就喜欢三角梅的非花非叶、含混不清，它从哲学层面给我以启迪，那是对非白即黑、不"左"即右的形而上学观点的否定，是花看半开、酒至微醺、享受美好的感觉；就喜欢它苞片为魂、终有分寸，既激情又理性的那分坚守，那是它区别于植物王国里任何奇葩佳卉的DNA，是它向大千世界、芸芸众生展现个性特质的鲜明旗帜。

行笔至此，家乡一Y姓帅哥来了一条微信："就这样定了，我们家的埂子上，马上栽种几株三角梅。"

感谢他这样理解三角梅的诗意，祝福他种下的三角梅根深叶茂花繁，祝福他拥有比三角梅诗意更加美好的人生！

个性

——西南政法大学毓才楼前的两棵蜿蜒虬曲的黄葛树，一棵繁茂苍绿、华盖如云，一棵秋染枝头、落叶飘飞。哦，那后一棵黄葛树……

所有的树木披上新绿
唯有你却秋染高枝

每片叶子都是黄亮亮的金句
刻录着贯通春秋的沉思

何时栽种何时更替
活出个性就活出了世界

惠风轻拂
叶落处正绽放最新的苞叶

（2019年4月14日）

我多次以诗的形式礼赞黄葛树，是因为重庆的市树——黄葛树有着不同于其他任何树种的特质。

什么时候栽种，它就会在一年后的什么时候落叶、发苞、出叶，重新枝繁叶茂，在半个月左右时间内完成一次生长的更替。

我钦佩西南政法大学这批法律人的审美取向。毓才楼前，反季节对称着种下两棵黄葛树，同样的树冠广展，同样的古态轩昂，在万木勃发的季春，一棵满树苍绿，一棵却落叶飘飞、葛苞开花、新叶绽放，强烈的反差，形塑了一道独特、夺目的风景。

活出了自己，就活出了世界。

不管环境如何变化，黄葛树自有其生命的节律，树有多高，植根就会有多深；冠有多大，根系就会有多坚劲。循时守序，坚韧不拔，笃定亮自己的旗、走自己的路，这个世界便有了个性鲜明、美名远播的黄葛树。

树是这样，人是这样，大学是这样，一座城市、一个国家呢？也应当是这样。

流年

桃花谢春红
来去匆匆
一片凋零东风

清水出芙蓉
雅洁从容
根植污浊泥淖中

落霞孤鹜晴空
长天秋水
大江西来归朝东

岭头腊梅隆冬
香浓寒重
萧索风景念英雄

简单着轻松
沉雄中凝重
诗意和自由在枷锁中灵动

（2018年8月3日于和平路管家巷9号）

写这首诗时，自己的工作任务较重，因能力弱、水平低、效率不高，白天完成得不够顺不够好，晚上就只有加班的命啦。

　　压力之下，想这流年似水，天复一天、月复一月、年复一年地轮回流转，突然间好像感受到了春夏秋冬每个季节的不容易，感受到了男女老少每个人的不容易。

　　诗意和自由的"枷锁"是什么？

　　是索然、寡淡和无趣，是外在的更是庸人自扰的约束、限制和羁绊。

　　人生的诗意和自由在哪里？

　　在于学会戴着有形或无形的"枷锁"舞蹈，并于不如意事常八九的人生常态外，去奋力抓住那稍纵即逝的一和二，在那一和二之中舒展心灵，放飞心情。也许，这就是人性的灵动和生命的甜美所在。

　　这首诗写得不太满意，比较沉闷、压抑。当然，人生一世，不太满意是常态，非常满意是意外。这诗也一样，不太满意，没关系，既然写了，也发给了朋友们，那就对它多一份尊重吧，把它也奉献给读者。

秋雨

淅淅沥沥
不知道是轻柔叹息
还是绵甜的喜悦

迷迷蒙蒙
不知道是混沌未开
还是深沉的含蓄

似有还无
不知道是淡而无味
还是情愫细腻

若即若离
不知道是行将结束
还是酝酿新局

千丝万缕
万缕千丝
秋雨在夜色中找寻着答题

（2018年9月16日傍晚重庆渝州宾馆散步）

"秋风秋雨愁煞人"。悲秋之作，一般反映的都是彼时彼地的心境。

人生重要的节点上，相信每个人都曾有过犹豫。

上下的选择，进退的权衡，去留的挑拣，得失的取舍……需要决断，但赖以决断的信息却不对称、不完整、不充分、不及时，在这种情况下，不确定性对人形成的心理压力不言而喻。

必须想好却未能想好，必须决断却难以决断，这种时候如何舒缓情绪、自我解压呢？这是一个见仁见智的问题。

我的处理方式通常是这样的：小喝二两，写一首小诗或一段关于小诗的日志，然后，把它丢在风雨中稀释。雨住了，风歇了，体内的酒精也差不多散尽了，不良情绪造成的压力便没了踪影。然后，珍惜当下，该干嘛干嘛。

传奇(外一首)
——致南川区山王坪古银杏

橙黄明丽
一树树大美诗意

超凡脱俗的内秀
优雅高贵的纯洁

何不融入白淡季节
似乎不够谦抑

侏罗纪的基因
亿年后还是这般气质

(2018年11月18日)

银杏

同谁都能够一起成长
在红豆南国
在雪域边疆

同谁都可共享荣光
千年后的明天
千年前的过往

每每到了这个季节
你都绽放遗世独立的杏黄
百花凋零凄凉

西风乍起
片片落叶，朵朵阳光
温暖点亮山梁

妙不可言地向往
想活成你的模样
自带光芒，灵魂有香

（2018年11月18日加班后重庆照母山公园拾句）

面对高贵的银杏树，我常常陷入关于历史渊源的沉思。

我所说的历史渊源，不仅指一个家族、一个地域、一个民族、一个国家可能拥有，还应包括植物王国的大千世界中那些大浪淘沙后留存下来的优异品种，它们也拥有。

银杏，正是这样，拥有其他植物无可比拟的历史渊源。经受过地球第四纪冰川运动以来的生死历练，它拥有了仿佛天外来客般的高贵气质，仰视着它，我常常陷入冥想之中。

相对于它的伟岸巍峨，我不喜欢杨柳的参差披拂和婀娜多姿。

相对于它的遒劲雍容，我不喜欢白杨的粗疏浅白和挺拔简直。

相对于它的深沉端穆，我甚至不喜欢松柏的古板苍碧，更不用说那些因人为因素成为所谓当红明星般的速生林、行道树了。

我最钦羡和感佩的是这秋季的银杏树。

清风拂面，那一片片扇状的叶子都变成了一朵朵明媚的阳光，那一棵棵高大的乔木都变成了一杆杆鲜亮夺目的旗帜。朵朵阳光、杆杆旗帜，浪花般波动，金风般扩散，云霞般弥漫，如诗如画，绚丽辉煌，撑得起厚土高天，照亮了萧瑟世界。在寒凉寡淡的季节，除开根深叶茂、源远流长的"植物世界活化石"的银杏外，天底之下，还有什么植物能够让我们的心灵如此舒展和震撼呢？

然而，不知何故，迄今为止，我总还是觉得银杏作为世界现存最古老的植物之一，它一定还有着不为人知的奇魅和神秘。

为什么中国的佛教、道教从古至今共同推崇的只有银杏？为什么1945年日本广岛核爆中心区唯一幸存的只有银杏？为什么20世纪70年代初周恩来总理要建议来访的日本首相参访陕西楼观台老子亲手种植的那棵银杏？为什么2500年前孔子的"杏坛春秋"会经由75位诺贝尔奖获得者的共同宣言而引发联合国教科文组织设立孔子奖以及孔子学院"海外杏坛"遍布世界？为什么习近平主席2016年出访捷克首都时会种下一棵中国银杏……

爱因斯坦说过："我们经历的最美好的事物便是神秘的未知，它是所有的艺术和科学的真正源泉。"

银杏树是我所经历的植物世界中最美好的植物，其神秘的未知，想来应当是与古老而又年轻的中华民族以及全人类紧密衔接的相似、相通的某种精神气象吧？

"千山鸟飞绝，万径人踪灭。孤舟蓑笠翁，独钓寒江雪。"
神秘的一般也会是孤独的。

银杏，神秘着孤独，孤独着神秘。

第四纪冰川那样的大灾大难形塑的孤独，亿万年时光一丝一毫精雕细刻出来的神秘，它的未知的神秘和孤独，于我们三万里河山、五千年家国，还会生出怎样的独特风景和精神标识呢？

仲春
——重庆珊瑚坝公园打望

花朵似乎都在歌唱
水仙和腊梅却不声不响

树木似乎都在萌芽
却有黄葛树正叶落情伤

其实都在绽放
只是各有各的时令和方向

其实都在生长
只是各有各的路径和模样

如同人人都有想法
有的春发而有的春藏

（2019年3月30日）

关于这首小诗，有两则微信反馈让我陷入了沉思。

一则是解放军上校 T 女士，她说：你对身边的一草一木、一树一花、一季一果，一直带着爱在关注、欣赏、品鉴，进而诉诸笔端，给我们带来清新、含蓄、温暖、浪漫和深远的想象。能持久保持这样的人生态度，必然会在生活中体会到许许多多别人未发现、未曾体验过的人生滋味和感悟！为着你的毅力和坚守，向你致敬！

另一则来自同事 Y 先生，他说：人生路上，执念拥有，且行且珍惜，且做时光有情人。

两位朋友的点评比诗本身更具哲思，引人遐想。

人生苦短，不应以流浪的心态去度过。

世界上没有两片相同的树叶，人亦如是，各有各的时令、方向、路径和模样。但不管是谁，如果想要实现生命的成长和绽放，做出一点成形像样的事业来，那就必须坚持做时光的有情人，聚焦自己的执念，心无旁骛、只争朝夕，顽强到底走下去。

这样的路相对漫长，滋味亦悠长。

幸福

自产自销
自需自给
你的价值靠我的感觉

曾想助你惊险一跃
结果摔坏的不是你
而是我自己

终于明白
拥有你我心满意足
没有你我空虚忧郁

你的大小和有无
同别人没有关系
源于我和我的感知

(2019年5月25日于歇台子示弱斋)

幸福是个好东西，拥有，我们珍惜，没有，我们追求，她实在是一位人缘极好、人见人爱的好朋友。

所以，我在诗中同她谈心，向她倾诉，给她画像，向她汇报"活思想"，特别强调我对她的印象和感受，强调她实质上是世界上最善良、最宽容、最善解人意的好朋友。

我甚至还借用了马克思在《资本论》中关于"从商品到货币是一次惊险的跳跃"的比喻式说法，想表达的就是幸福的纯良，她不是商品更不是货币，商品化、货币化就是对她的妖魔化，其结果，摔坏的不会是幸福，而只能是不懂得幸福的人自己。

幸福不带铜臭，幸福是美好的感觉。

如果我们有良好的心态，有良好的感知能力，幸福无时不有、无处不在，她一定是我们如影随形的好朋友。

北京好友 X 先生是幸福着的睿智之人，他从另外一个角度讲了对幸福的看法，开启心智，我获益匪浅。

他说：人生在世，无法预知未来。幸与不幸，坚持到最后才知道。有时候，明明很幸运的人，因为一点小事就乐极生悲，倒大霉；而有时候，明明很倒霉的人，只因平静面对不幸，反而得到幸运之神的眷顾。所以，人生的好坏取决于心态，心态好，坏事容易变好事；心态不好，好事容易变坏事。塞翁失马，焉知非福？

我所尊重的一位长者 W 先生，则把北宋名相寇准的《六悔铭》转发与我：

官行私曲，失时悔。

富不俭用，贫时悔。

艺不少学，过时悔。

见事不学，用时悔。

醉发狂言，醒时悔。

安不将息，病时悔。

1000年前，北宋政治家兼诗人的寇准，仅用42个字便说尽人生的六大悔事，至今仍句句走心，振聋发聩，难怪"近代第一完人"曾国藩对《六悔犯铭》推崇备至，奉为经典。

寇准的短文，有一种直逼人心的深刻。如果能够自觉用其自重、自省、自警、自励，随时随地做到"六不悔""六少悔"，我们的心灵就会随时随地因敞敞亮亮、坦坦荡荡而格外舒展，我们的生活就能够随时随地面朝大海、春暖花开，成为幸福的人。

价值
——雨雾中于示弱斋倚窗赏景

想细数黄葛树上
那群小鸟有多少只
它们时散时聚
想弄清楚栀子花香
三枝和五枝的差异
风儿时徐时急
还想记录屋檐滴水的韵律
可端午的雨
时而舒缓
时而激越

人的关切
一个下午
它们都没在意
快乐小鸟还在飞来飞去
栀子花开仍旧幽香美丽
檐水滴答依然悦耳清晰
而我
已精疲力竭

（2019年6月9日）

Z先生说：在繁杂喧嚣的社会，要有怎样的阳光纯洁、平和细腻，才能够书写出你这样耐人寻味的华章呢？他还说，6月3号，是他跟随了6年多的首长（一位前副国级领导人）82岁生日。在首长家里，看到老先生蜷缩在轮椅里，精力不再充沛、精神不再矍铄，他感叹时光荏苒，思考着这人活一世怎样才不会遗憾一生呢？留给后人一星半点的精神食粮，这应该是很好的正确选项！

C女士说：视觉、听觉的盛宴，动静相宜，层次立体而丰满，有五四新诗的韵味。

Y女士说：快乐存在于各自的心中。高处不胜寒。在意你的人能看到你不凡的付出，懂你的人能感受和理解你的疲惫。

X女士说：栩栩如生，颇有同感。我也时常坐在自家房顶的亭子里，看着、数着那飞来飞去的小鸟，闻着栀子花香，静静享受着大自然赐予的平静生活。

C先生不知是悲从中来还是另有所指，他意味深长地回我一句：爱，需要相向而行……

Y先生则不无感慨：这才是呼吸，触摸到了生命的真、人生的乐、上苍的恩。夏季来临，保重身体！

两个晚辈的点评也蛮有意思的。

QQ说：从情趣到理趣，感悟存在即价值。

JL说：您偶尔倚窗沉思迸发的灵感耐人寻味。《断章》的哲理是，你站在桥上看风景，看风景的人在楼上看你；而你关心的花、鸟和雨水，你关心的"一切""一个下午"的时间，花、鸟和雨水，它们没有感觉或者并不在意啊。

另外三位朋友的点评也饶有趣味。

老友L先生说：看了诗睡不着啦，老在想三枝和五枝的差异，老在悟屋檐滴水的韵律。

C先生说得很直白：别太累，数不清就不要再数了。

Y女士讲：人如果不累，就基本上是多余的了。

有意思啊，我的这三位朋友相互间并不相识，其点评却有点像坐在一起开会时的发言。第一位和第二位的话，像是互不相让地"将军"；第三位的话呢，好像在"和稀泥"；无意中，我作为"始作俑者"似乎成了"三人会"的"磨心"。这有若"神来之笔"的诗文幽默，让我品尝到了写诗的微妙乐趣，我的日子因诗意的芬芳而实现了价值倍增。

朝天门
——市规划展览馆门前沉思

有的门看似有门
其实只是一道风景
有的门看似无门
其实门中有门
有的门看似雄浑
其实纤细沉闷
有的门看似好进
其实永无可能
只有你
门朝天开
海纳百川
像极了我们
英雄之城的胸襟
沉雄坦荡
堂堂正正
夹马水静静流淌
两江环绕
深爱无声

（2019年9月7日）

写这首诗的前后几天，中央电视台第一和第九频道正热播反映朝天门和3000年江州城、800年重庆府的电视纪录片《城门几丈高》。我个人认为，这是介绍重庆城前世今生的最有品位的纪录片。

朝天门，位于重庆市渝中半岛的长江和嘉陵江交汇处，是重庆九开八闭十七座城门之一。南宋以降，时有钦差大臣自长江经这道"古渝雄关"传来圣旨，从此天下便有了朝天门，即朝天接旨的意思。

朝天门久负盛名，现今是两江枢纽和长江上游最大的水路客运码头，是海上"一带一路"于内陆开放高地的起始点，是中西部唯一直辖市的一个重要的人文符号，也是我们重庆极具风采魅力的精神之门。而"夹马水"，又是朝天门码头独特禀赋的核心看点——每到秋天，碧绿的嘉陵江水同褐黄色的长江水在朝天门码头前交汇，激流撞击，漩涡滚滚，清浊分明，呈现撼人心魄的壮美景象。

千百年来，雄阔阳刚的大山大水与坚毅强健的巴渝儿女相互激荡，在这天地之间的朝天门前演绎了多少神话传奇和英雄故事，恐怕历史学家也很难作出精准统计，倒是今天收到的几条微信中蕴含的深刻哲理，从定性的角度给人关于"门中有道"即所谓"门道"的启发，我因此而更加感受到朝天门的不易，更加热爱我们的朝天门。

北京同行P先生说：有的门，门中有门；有的门，门后有门；有的门，看似无门；有的门，实则无门。门中有门的，洞察人生；门后有门的，深藏功名；看似无门的，考验智慧；

实则无门的，磨炼心性。

　　成都的 Y 先生说：这首诗没有省略号可打，不宜作片段引用，而必须作完整的哲理诗来吟咏和感悟。从古至今，朝天门融入了巴渝人不变的精神血脉，坦荡、雄奇、豪迈，而今，"朝天"之门，"圣意"还在，她更深的意义，应当在历史、现实与未来之中。

　　末了，这位老兄写了几句诗，《门》：象征着神秘／也划分着类别／里面／或是外面／有时候／你可以取舍／很多时候／你却无法选择／但无论怎样／门是房屋的／有形或无形／大或小／门／在每个人的心中。

　　另外一位土生土长的重庆主城区的小兄弟说：上大学时，在朝天门批发市场租过门面练过摊；再早一点，小时候去三峡旅游，父母在这里送我和接我；再小一点，从江北城"进城"（以前的重庆城仅指现在的渝中区辖区，约 20 平方公里）坐轮渡到朝天门下船，那时的朝天门浑浊、混乱，但人间烟火气十足，有海纳百川的胸怀；现在，来福士的出现，忽然把朝天门的记忆打乱了，情感上有些复杂，不过转念一想，哪一座伟大的城市不是在重塑一代又一代人的记忆中成长的呢？

　　画家、出版家 G 先生从北京发来微信说：二百多人，用了 14 年时间出版《大足石刻全集》，于 2019 年 9 月 6 日在北京国家图书馆开了出版座谈会。大足石刻"是中国石窟艺术史上的最后一座丰碑"，《大足石刻全集》对其现状和列入世界文化遗产的宝顶山等 5 处石窟进行了系统的考古调查和整理，这是功在当代、利在千秋的文献性质的书籍。

由此，我突然想到，重庆，行千里、致广大，如果有人不怕吃苦吃亏，乐于以叙事长诗的形式来写一写大足石刻，或者用史家的视野为朝天门及其他十六座城门用诗配画的形式列传，那会不会成为我们山水之城、美丽之地文化界的又一件盛事呢？

我想应该是的，也相信会有人来做的，朝天门作证。

解放碑
——重庆解放碑步行街

自上而下
力拔山兮
历史
在这里
重重地落下一笔
平的世界
有了直的崛起
"1"——
顶天立地
于是
这里的每一个数据
都有了"0"的意义

（2020年11月8日）

潇洒
——渝中半岛李子坝轻轨穿楼而过

从临江门去佛图关
是自下而上
从佛图关去临江门
是自上而下
上上下下
都会经过依山傍水的李子坝
列车穿楼而过
观景台一片惊讶喧哗

无论是浪迹天涯
抑或是倦鸟归家
每一次的出发和到达
都会风景如画
只要禀赋足够
只要有足够的起伏高差

(2019年12月14日)

北京 X 先生说："重庆特色，火车楼里钻。"

上海同行 Z 女士说：这是"山城的诡异和奇葩"。

广州的 D 先生说："禀赋很重要，没有山城的起伏高差，就没有轻轨穿楼的潇洒！"

几位同事的微信反馈同样有味道："车外人高呼惊奇，车内人去留随意。""山来水去无尽时，人生何处不是春！""作为渝中人，自豪；你诗意的记录，潇洒！""人也是这样，条件不具备，潇洒不起来！"

中国书协会员、秀山年轻书法家 P 先生把书写好的《潇洒》拍照后发给我。P 先生的书法以魏晋小楷为根基，参以北碑及魏晋小名家行草笔意，整体透出古淡雅逸、遒劲空灵的韵味，很耐看。自相识以来，我每有诗作发给他，这位家乡的书法家差不多都会书录一遍。他的友善朴诚，是令我感佩的另外一种人生潇洒。

腊梅香

——献给新年和新年的您

沐浴冬日暖阳
春风心头荡漾
红泥小炉微熏
舒适被窝梦乡
感觉
温暖芬芳
恰似你无声绽放
一树轻黄
弥散暗香

这个世界上
有时
力量是雄强
也是纯良和念想
有时
富足是拥有
也是分享和眺望

（2019年12月31日）

不知道世界上有无这样的城市，反正，我们这座山水之城是这样的：寒冬腊月，梅花的香气会弥漫每一条街巷、每一个角落，让每一位外地来客都能与当地市民一样，时时处处享受到那让人舒爽莫名的馨香。

这是自己进入21世纪20年代前写下的最后一首小诗，用它来致敬新的一年和新的十年，祝愿我的每一位亲朋好友健康、平安、快乐、吉祥！

西南政法大学的T教授说：你美好的诗词伴随我们走过了2019年的岁月，带给我们思考和思想，谢谢。愿你2020年歌赋依然，大作纷呈！

谢谢，大作不一定写得出来，但一定端正态度，秉承纯良念想去努力写好，让它成为满城梅香中的一枝一朵，融入我的一瓣心香，继续陪伴喜欢它的亲朋好友，共同眺望我们这座城市更加美好的明天！

雨夜

——想起渝中半岛佛图关夜雨寺和唐朝诗人李商隐的《夜雨寄北》的那些事

前夜是雨
昨夜是雨
今夜还是雨
潮气太浓太重了
轻轻一拧
一夜思绪便挤出半斤水来
伸展开去
还是湿漉漉的

玻璃窗上的水分子
分不清是今夜雨珠
还是李商隐当年泪滴
李太白的月亮呢
轻罗小扇扑流萤的场景呢
何曾是归期
无人搭理

默默无语
撑一把小伞融入夜雨
独自寻觅

（2020年7月10日）

这首诗的用典涉及三位唐代大诗人及其作品。

一位是李白，他写月亮的诗有多美，天底下只要是认识汉字或不认识汉字但听说过中国月亮与诗歌关系的人，应该是都曾领略过的。没办法，人家是诗仙，实力和名气摆在那里。

一位是杜牧，他的《秋夕》写道："银烛秋光冷画屏，轻罗小扇扑流萤。天阶夜色凉如水，坐看牵牛织女星。"写尽一个宫女手执一把轻罗小扇扑赶在夜色中游荡的流萤的孤单与落寞，含蓄蕴藉，耐人寻味。

一位是李商隐，他的《夜雨寄北》是："君问归期未有期，巴山夜雨涨秋池。何当共剪西窗烛，却话巴山夜雨时。"很美，可谓是登峰造极的七绝。

李商隐的《夜雨寄北》到底写于何处，在朋友圈里引发了争论：

缙云山所在地区的法人代表等好友说，它是作者在游历缙云山时写的，渝中半岛的好友则坚持说是在与鹅岭公园一墙之隔的佛图关公园写的。

晚唐大诗人李商隐在重庆写这首诗的具体地点到底是在哪里呢？

唐宣宗大中五年（851年），命运多舛的李商隐接到东川节度使柳仲郢邀请去其幕府供职参军。当时正在遥远的徐州任职的李商隐便下湖北、进渝州，前往东川节度使幕府（治所梓州今四川省三台县），当年的10月、11月抵渝州，即今重庆渝中一带。

有朋友说，李商隐在梓州任职期间，慕名前往重庆北碚缙云山游玩时写下了这首诗。据明代曹学佺所著《蜀中名胜记》记载，缙云山即巴山，从南北朝起成为一处名胜，常有名人雅士来往，而且北碚的夜雨量更大，占降水量的六成以上，晚上下雨，白天大多天晴，尤受文人骚客们喜爱，所以李商隐游览缙云山写下这首七绝是自然而然的事。

有朋友说，结合李商隐入川的经历和时间背景，应是写于入川途中更合常理常情。考证认为，李商隐当年是从涪江入嘉陵江下行，再入长江上行至今巴南区的界石与相约赶来的好友杜悰相逢，一同取道上岸，旅居渝州即今渝中一段时间后，沿古官驿道出通远门、过佛图关，一路西行，抵达梓州赴任。其间，李商隐遍游名胜古迹，包括游览了渝中半岛的佛图关。

据明清两代的《重庆府志》记载，李商隐写《夜雨寄北》应当是在佛图关。该关是古渝州九开八闭十七座城门中著名的通远门外最重要的关卡，位于长江嘉陵江环绕着的渝中半岛空间最窄、最为高峻险要的山上，有一夫当关万夫莫开之势。

佛图关的"雨"是极讲究的。佛图关的佛门古寺外有一"夜雨石"，形状如笋，白天干燥，傍晚湿润，夜间还会浸出水来，甚为奇特灵异，是古代巴渝十二景之一。时至悲秋季节，偶遇佛门古寺中如此奇异灵验的景象，亡妻哀痛和仕途迷茫中的李商隐那颗极其聪慧、极其敏感的诗人之心，一下子搅动起了坎坷丰厚的人生积淀，于是，他一气呵成写下了这首羁旅途中对亡妻和亲友们深切思念和精神寄托的千古绝唱。

清朝诗论家叶燮在《原诗》中评价说："李商隐七绝，寄托深而措辞婉，实可空百代，无其匹也。"其"巴山夜雨"浪漫而凄美的意象，千百年来成为著名的美丽典故。

一首诗有时会成就一个地方。

晚唐以后，古渝州人用建立夜雨寺来表达对这位大诗人的怀想和纪念，只可惜原寺没能完整保留下来，但可喜的是政府近期拟恢复重建。缙云山那边，因为有一所实力雄厚的大学，且有全国最早的诗歌研究所，所以时不时耳闻那里在纪念研讨，其以文化人、文旅互动的势头强健。

李商隐这首诗到底是在哪里写的可以继续考据争论，但我认为这个问题并没有那么重要。也许，李商隐当年是游历了两处名胜后才写下了这首七绝。所以，各地都可深耕精耕纪念、传承、弘扬诗人文化的诸多细节，完全可能在良性竞争中促进彼此利益的共同增进。倘若如此，想来李商隐的在天之灵也会备感欣慰的。

对本周小诗的点评也是颇有意思的。

一是专家学者类的。

新加坡的 J 先生写了一首有品质的好诗回赠与我：

夙夜雨重思绪浓／窗外江近波涛涌／诗人已随遥夜远／泼墨雨巷伞下风。

C 先生说：爱好，做一件事；累进，养一份心；诗品，寻一方净；价值，伴一生行。有爱好真好，向你学习，我也要把自己的爱好拾掇点起来啊。

T 先生和 C 女士说：一夜思绪便能挤出半斤水来／伸

展开去／还是湿漉漉的。这诗句好！

L先生和C先生说：别致的体验，浓郁的诗味，在仲夏的雨夜，品一首写雨的诗，味道隽永而悠长。

二是基层心声类的。

S女士说："何处花菲雨，石灵露自生。"佛图关的夜雨石今已无从寻觅，夜雨中平添了几许惆怅。它还可能重建否？我回应：可建议恢复重建，建成后可能会成为又一网红景点呢。

同事小M说：小雨很美，大雨很累。今年防汛防灾都在围绕着这个雨字转！我回应：归纳很好！一线辛苦！多多保重！

三是幽默调侃类的。

L女士说：夜雨引发你思古的幽情悠远而绵长。我看不见流萤，却有一把纱绣小扇。我回应：那你准备好吧，晴朗之夜可考虑去郊外扑赶流萤。

有两位Z姓先生不约而同地引了小诗最后一段还给我：

默默无语／撑一把小伞融入夜雨／独自寻觅。

还有一位Z先生则幽我一默：可有油纸伞？可有丁香一样的结着愁怨的姑娘？

我回这三位本家老兄各一个大笑的表情，并加了几句话：

茫茫雨夜，独自寻觅，雨大伞小，安全第一，不管是否遇到戴望舒或他笔下那丁香空结雨中愁的姑娘，都要记住：早点回家，明天还要上班呢！

处暑偶感
——节气之美,在起承转合间

云朵很白
天空很蓝
满眼满心
清新舒展辽远

美,其实简单
留有边界
再给一点点时间
节气到了
云,自然白
天,自然蓝

(2020年8月22日)

周末中午应酬后回家看手机，先看见一位著名诗人反馈的微信："诗美自在简洁大气间！"

如何断句？我看了半天不得要领，但有一点是清醒的——诗人在鼓励我。

继续翻看。

画家 Z 女士说：清新自然，喜欢，眼前景物，口头语便是人间绝妙词！同事 Y 女士说：天地有大美，唯于处暑日；生命有大美，恰在停留间。

另外两位朋友说的是双关语了。

成都的 L 先生说："两节之间为气，好诗！"

此话精妙——天地之间，气，极重要，小诗仅有两节，节与节之间，他感觉到了气在奔涌。

某省的律师协会主席 Y 先生，在给了一串点赞和玫瑰表情后说："晚霞后会有彩云追月。"

这位仁兄的话让我颇费思量：他是指这首诗在时间跨度上没包括其实应当包括的傍晚和晚上呢，还是在开我玩笑作诗以外的某种暗示和深究呢？

知道他是富于幽默感的知名律师，我便回了一个表情：一个嘴里叼着香烟、风流倜傥的西洋帅哥伸着大拇指，文字说明是：你是高手，我佩服你！

不少朋友有相同或相似的评论：

质朴、清新、自然、乐观、开朗、大气，有境界；

云朵很白，天空很蓝，美，其实简单，快乐和幸福其实也很简单；

好多时候、好多事情，只需要留有一点边界，再给一点点时间，一切都会瓜熟蒂落、水到渠成。

让我特别感动的是，哲学博士 W 先生和渝中区做街道办事处主任的 Z 先生发来的微信。

W 先生说：名为暑，实在秋后；名为处，实在洪后。重庆处暑间，是一个关于哲学的故事。Z 先生则是在 8 月 23 日凌晨 3 点半发来微信：正在通宵清淤泥中……

这是感动人心的温暖故事，这故事当时仍在进行中，我的不少好友都在洪灾后的清淤一线夜以继日地战斗。

8 月 20 日至 21 日，国务院总理李克强专程来渝看望慰问。其后数日，国内外不少媒体为重庆点赞，因为几乎是滴雨未下的重庆却经历了 1981 年以来最大的洪水过境，在 8 天左右时间里默默忍受、全力扛下了全国这次洪灾最重的大任。

咋回事呢？

重庆是长江中上游地区防洪保安全的枢纽城市，长江上游与嘉陵江的大江大河，都要在渝中半岛的朝天门汇入长江。2020 年 8 月中旬前后，长江上游以及嘉陵江流域地区的四川省域内，暴雨大暴雨不断，岷江、沱江、涪江出现历史性的洪峰流量，为重庆带来史所罕见且持续不断的洪峰过境压力。而三峡大坝为确保长江中下游武汉等城市和上亿百姓的生命财产安全，一段时间以来坚持有序开启 10 孔泄洪，直到长江第 5 号洪峰抵达的 8 月 20 日 8 时，入库流量达到 75000 立方米每秒，才首次开启第 11 孔泄洪。这让地处三峡库区尾部的重庆经历了防汛抗洪的巨量艰难和巨大考验。渝中半岛被淹成了"看海"模式,但没有出现一例人员伤亡,圆满完成防汛重任。

洪灾后最艰难困苦的工作是什么呢?清除淤泥和环境消杀,而且必须同时间赛跑,抓紧干,否则,巨量淤泥板结后要作彻底清除,工作量和成本会成倍增加,且效果不佳。所以W先生和Z先生他们很辛苦,牺牲假日、没日没夜地连续奋战,直至完胜。

是的,庚子年这个立秋之后、洪峰之后的处暑,重庆演绎了一个一个令人难忘的故事,这些可爱的人还将为着这座历史文化名城的明天而不懈奋斗。

作为生活在这座英雄城市的一位普通劳动者,我坚信,只要分清一些事和理的边界,只要给出科学合理的时间,重庆的天一定会更蓝、云一定会更白,因为进入现代史以来,这座城市已多次以其宽广胸襟、英雄气质和家国情怀给世界留下深刻美好的印象,它一定会拥有更加美好的未来。

重庆轻轨

60米地下穿行
数不清的桥隧中飞奔
沿着S形路线
从容翻山越岭
然后
画出90度的弧弯
优雅转身
李子坝穿楼而过
嘉陵江目送
潇洒背影
呵呵,重庆轻轨
一半方便出行
一半魔幻风景

(2020年12月27日于渝中半岛李子坝观景台)

从地理视角观察，重庆面积8.24万平方公里，地处四川盆地东部及外围地区。境内数十条岭谷从东北向西南平行排布，形成全球罕见的独特山地，从空中俯瞰，如同大地琴弦。四川盆地的江河流往重庆，重庆因地处江河汇聚之处而成为四川盆地水系的黄金交点，长江、嘉陵江、乌江等大江大河从西、北、南三个方向奔涌而来，长江重庆段在这里通过三峡沟通世界，成渝双城及巴蜀地区由此拥有了一个与外界交流的黄金通道。天地之间，大山大水在这里碰撞缠绵，刚柔相济，阴阳互补，成就了重庆江山之城特有的奔腾不息的能量和无限的生机与活力，成就了她世所罕见、不可复制的超级美丽。

"一方水土一方人。"作者以为，这样的地表地貌注定了重庆拼搏进取、开放包容、风风火火、激情四射的城市性格和市民气质，也注定了我们这座别称最多的国家中心城市的另类和有趣：两江环绕的"雾都"，层次感极强的"赛博朋克"，麻辣鲜香的"火锅之都"，四通八达的"桥梁之都"，人气爆棚的"魔幻之都"等等。而在诸多别称中，她最为外界熟知的别称应是"山城"，城在山中、山在城中，其极富个性的交通工具，除开在长江、嘉陵江上穿梭往来的索道交通外，就是那些依靠跨座式单轨运行的轻轨列车了。我今天的这首小诗，就是对重庆轻轨列车的礼赞，对这种于山城可谓无处不在，可上天入地、可飞檐走壁，亦可过江穿楼的交通方式的热情讴歌。

就像这轻轨及其路线设计极具想象力和创造性一样，

朋友们读诗后反馈的信息极具想象力和创造性。

有的说诗若轻轨，轻轨若诗。

有的说60米、90度、加上一半和一半，数字烘托出轻轨的魔幻美。

有的说得轻松抒情还带点儿俏皮：没有想太多，只是想通过，一不小心成风景，不是我的错。

有的说此诗可以作重庆轻轨的广告词了。

有位朋友正在三峡旅游，发来了即时草就的《巫山红叶》：

梦里年来总挂牵，入冬红叶独鲜妍。

新妆神女可梳就，故道彩霞应满天。

人在峰巅云似海，船行峡底水如烟。

不念昨日秋光好，傲立寒风展画笺。

一位曾获全国"十大青年法学家"荣誉的著名教授朋友先是称赞小诗不错，然后"投桃报李"，发来了近日他应邀在某省委理论学习中心组集中学习时以"深入贯彻党的十九届五中全会精神，认真学习领会习近平法治思想"为题作专题辅导的相关图片和新闻报道。我热烈地祝贺他，并"点对点"地把他发给我的信息转发给了部分朋友共享。

认真领悟朋友们多个维度反馈的信息，我想起了那句著名的话：幸福都是奋斗出来的。重庆轻轨能够成为重庆旅游的品牌式风景，没有这座城市千千万万的建设者的创新创造是能够想象的吗？生活在这座极具特色的美丽城市的人们，哪一位不是依靠自己的勤劳和智慧年复一年、日复一日地不断创造着属于自己也属于这座城市的美好生活呢?

　　千里为重,广大为庆。作为超级规模的山城、江城、不夜城的重庆,她奋斗前行的轨道向着远方在无限延伸,壮阔的巴山渝水间,还会演绎出多少感天动地的故事和突破人们想象力的魔幻传奇呢?

后记

无聪明可玩，无智巧可耍，每到周末闲暇时，生活索然寡淡，我有时都嫌弃自己愚笨。

幸得良师益友提携，近年来找到了自己的兴趣点——学着写诗，周末一首，"每周一歌"，随写随发，愉悦亲友，快乐自己，我为此感到幸福和满足。

百余首诗歌、百余篇散文，综合了约千位朋友近万句精妙诗评，先诗后文、诗文互鉴，同生互补、共舞齐飞，构成了这本有个性却不知道该怎样归类的书。

乐于以这种方式来呈现自己对生活和生命的体验，对大变局大变革伟大时代的关注，对人与人、人与物、人与自然以及心灵与大千世界互动的领悟，乐于以这种方式来发现和提炼人间的生趣、意趣、情趣、乐趣和心灵之趣，在亲情、爱情、友情、乡情和家国情怀的滋润下，在中华大地温暖的怀抱里，努力实现人生诗意的栖居。

衷心感谢蜚声中外的著名诗歌评论家、诗人吕进先生亲笔为本书作序，衷心感谢我的老师林心治先生及诸多良师益友对诗文的修改意见和建议，衷心感谢著名书法家毛峰先生为本书题写书名，衷心感谢重庆出版集团陈兴芜女士和郭宜先生、周英斌先生、王娟女士等对本书出版的指导和帮助。

衷心感谢通常作为"第一读者"的我的夫人和女儿对我写作的关心和支持。

谨以此书献给我的家乡、我的城市、我的祖国。

2021年1月18日于山城示弱斋